LE COMTE DE MONTE-CRISTO

ALEXANDRE DUMAS

tome I
Le Prisonnier du château d'If

Adapté par
VINCENT LEROGER

Collection dirigée par
ISABELLE JAN

HACHETTE
58, rue Jean Bleuzen
92170 Vanves

Crédits photographiques : p. 5, photo de Carjat, archives Larousse-Giraudon ; p. 12, gravure de Colin, d'après T. Johannot, collection Viollet ; p. 31, collection Viollet ; p. 37, Bibliothèque nationale, photo Jean-Loup Charmet ; p. 51, gravure de Jarret Lange, collection Viollet ; p. 54, Kharbine-Tapabor ; p. 63, Kharbine-Tapabor.

Couverture : Agata Miziewicz ; photo Kharbine-Tapabor.

Conception graphique : Agata Miziewicz.

Composition et maquette : Joseph Dorly éditions.

Iconographie : Christine de Bissy.

ISBN : 2-01-018349-5

© HACHETTE LIVRE 1993, 79, boulevard Saint-Germain, F 75006 Paris.

« En application de la loi du 11 mars 1957, il est interdit de reproduire intégralement ou partiellement le présent ouvrage (la présente publication) sans autorisation de l'éditeur ou du Centre français du copyright (6 *bis,* rue Gabriel-Laumain 75010 Paris). »

Sommaire

L'AUTEUR ET SON ŒUVRE	5
REPÈRES	6
Un capitaine de vingt ans	7
Le père, le fils, l'amie	10
Les trois jaloux	13
Le mariage du marin	14
Le mariage du procureur	15
La justice du roi	17
Le château d'If	22
Le prisonnier et le geôlier	24
La visite du directeur des prisons	27
Un étrange prisonnier	29
Seul	32
Le numéro 27	33
L'abbé Faria	36
La lumière dans le noir	38
Le professeur et l'élève	39
La maladie	41
Une histoire de fou	43
Un beau livre de prières	45
La mort de l'abbé Faria	46
Un sac tout neuf	48
Le cimetière du château d'If	49
L'île de Tiboulen	52
L'homme aux cheveux longs	54
Les contrebandiers	56
L'île de Monte-Cristo	57
Le trésor de Spada	58

Capitaine Jacopo	60
L'inconnu de Marseille	61
Les malheurs de Caderousse	62
Quand Dantès était en prison	67
Le bijou de Caderousse	68
Le crime de Caderousse	70
Le banquier anglais	71
L'entreprise Morrel et fils	74
MOTS ET EXPRESSIONS	77

NOTE : les mots accompagnés d'un * dans le texte sont expliqués dans « Mots et expressions », en page 77.

La plupart des illustrations de cet ouvrage sont tirées d'une édition du roman datant de 1860 (Bibliothèque nationale). Celles de la couverture et des pages 54 et 65 sont de 1902.

L'auteur et son œuvre

Alexandre Dumas est né en 1802 à Villers-Cotterêts, dans le nord de la France. À vingt ans, il va à Paris. En 1829, sa première pièce de théâtre, *Henri III et sa cour*, est jouée de très nombreuses fois. Il devient alors l'ami d'écrivains romantiques comme Victor Hugo. Tous les jours, un chapitre de ses romans paraît dans les journaux. Avec *le Comte de Monte-Cristo*, en 1844, il devient célèbre et n'arrête plus d'écrire : *les Trois Mousquetaires*, *Vingt Ans après*, *la Dame de Monsoreau*, plus d'une centaine de romans qui racontent trois siècles d'histoire de France. Dans la plupart de ces romans, les personnages connaissent des aventures extraordinaires, avec beaucoup d'action. Pour cette raison, ces romans seront appelés « romans de cape et d'épée ».

Alexandre Dumas voyage dans toute l'Europe, gagne beaucoup d'argent qu'il perd en essayant de faire des journaux, d'ouvrir un théâtre, en s'achetant un château et en vivant comme un prince. Il meurt à soixante-huit ans, nourri par son fils qui s'appelle lui aussi Alexandre, et qui a écrit la célèbre *Dame aux camélias*. Alexandre Dumas est l'un des romanciers français les plus lus dans le monde.

Repères

Ce premier tome du *Comte de Monte-Cristo* se passe entre 1815, fin du règne de Napoléon Ier, et 1829, sous le roi Charles X. Les aventures des personnages du roman sont souvent expliquées par l'histoire de la France et de l'Europe à cette époque-là. Dans ces temps difficiles, tout pouvait arriver, tout était possible...

1796. Naissance à Marseille du héros de Dumas, Edmond Dantès. C'est la fin de la Révolution française. La France, dirigée par le Directoire, est toujours en guerre contre les pays européens. Le général Napoléon Bonaparte gagne la guerre en Italie. Les armées françaises commencent à entrer dans les autres pays européens. Le 18 mai 1804, Napoléon Bonaparte devient empereur sous le nom de Napoléon Ier.

1814. Napoléon a perdu la guerre contre l'Europe. Il doit partir vivre à l'île d'Elbe. Louis XVIII devient roi de France. Mais il est bientôt obligé de repartir en Belgique car Napoléon revient en France à la fin du mois de février 1815 et retourne à Paris. Grande joie dans tout le pays ! Mais l'Europe recommence la guerre contre Napoléon. Au bout de cent jours, le 18 juin 1815, Napoléon est battu à Waterloo ; il est envoyé dans l'île de Sainte-Hélène. Louis XVIII redevient roi. Les amis de Napoléon sont chassés, tués, jetés en prison par la police du roi.

1821. Mort de Napoléon. En Espagne, à Madrid, les armées françaises vont délivrer le roi Ferdinand VII qui avait été mis en prison.

1824. Mort de Louis XVIII. Charles X devient roi de France.

1827. La France et l'Angleterre aident les Grecs contre les Turcs qui occupent leur pays.

1830. Les Turcs quittent la Grèce qui devient indépendante. En France, en juillet, une révolution renverse le roi Charles X.

Un capitaine de vingt ans

Le 15 février 1815, à Marseille, un grand bateau, le *Pharaon*, entre dans le port. Il revient de Turquie plein de marchandises. Son propriétaire, M. Morrel, attend sur le quai. Il est le marchand le plus honnête et l'un des plus riches de la ville. Mais aujourd'hui, M. Morrel est inquiet en regardant son bateau. En haut des mâts*, les drapeaux indiquent qu'un marin est mort. M. Morrel ne peut plus attendre. Il monte dans une chaloupe* pour rejoindre son bateau. Ce n'est pas le capitaine* qui dirige la manœuvre*, mais son second*, un beau jeune homme de moins de vingt ans : Edmond Dantès. M. Morrel aime beaucoup ce garçon qui, très jeune, a déjà montré de grandes qualités de marin et de chef.

– Où est le capitaine ? lui demande M. Morrel.

– Hélas, monsieur, répond Edmond Dantès, il est mort à Naples où nous nous sommes arrêtés.

– Pauvre capitaine, soupire M. Morrel. Mais vous, Edmond, vous avez réussi à ramener mon *Pharaon*. Bravo ! La marchandise est-elle là ?

– Oui, monsieur. Elle vous fera gagner au moins vingt-cinq mille francs. M. Danglars vous expliquera cela mieux que moi.

– Bravo, mon jeune ami ! répond M. Morrel. Je crois que j'ai déjà trouvé un nouveau capitaine pour le *Pharaon*.

- Oh, monsieur, je n'ai même pas dix-neuf ans, répond Dantès en rougissant.
- Tant mieux, dit M. Morrel en riant. Vous serez le plus jeune capitaine de Marseille.
- Je dois vous laisser, monsieur. Il faut que je dirige le bateau.
- Faites votre métier... capitaine Dantès.

Le jeune homme part de son pas souple et fort donner ses ordres aux marins.

Un homme vient à la rencontre de M. Morrel. C'est Danglars, l'autre second du *Pharaon*, responsable des marchandises et du salaire de l'équipage*. Détesté par les marins, jaloux des qualités de Dantès, il est décidé à tout pour devenir capitaine sur le *Pharaon*.

- Bonjour, lui dit Morrel. Avez-vous fait un bon voyage ?
- Oui, monsieur, mais...
- Oui, je comprends, comme nous tous, vous pleurez la mort de notre vieux capitaine. Mais notre cher Edmond Dantès le remplacera très bien. Qu'en pensez-vous ?
- N'est-il pas un peu jeune, monsieur ? demande Danglars, qui, lui, a vingt-cinq ans. Et puis, il s'est passé des choses curieuses, entre Naples et Marseille. Dantès a arrêté le bateau à l'île d'Elbe.
- À l'île d'Elbe ? chez l'empereur* Napoléon ?
- Oui, chez l'usurpateur*. Je l'ai vu descendre du bateau, une lettre à la main. Méfiez-vous, monsieur : un capitaine ami de Napoléon, c'est mauvais pour vos affaires, aujourd'hui.

Le *Pharaon* est au port. Edmond Dantès revient près de M. Morrel :
- Je suis à vos ordres, monsieur.
- Edmond, vous êtes-vous arrêté à l'île d'Elbe ?
- Oui, monsieur.
- Pour quoi faire ? Ce n'est pas prudent.

– Avant de mourir, le capitaine m'a dit : « Dantès, sur la route du retour, promettez-moi de vous arrêter à l'île d'Elbe et de donner cette lettre à l'Empereur. » J'ai promis. On ne peut pas refuser l'ordre d'un homme qui va mourir.

– Vous avez raison, Edmond. Vous êtes un honnête homme. Vous avez lu cette lettre ?

– Non, monsieur. Je ne fais pas de politique. Je suis trop jeune. J'ai fait ce que m'avait demandé le capitaine, c'est tout.

– Vous avez vu l'Empereur ? demande Morrel, enthousiaste.

– Oui, monsieur. Napoléon a pris la lettre, m'a tenu l'oreille et m'a dit : « Avec un marin comme toi, j'aurais gagné à Trafalgar. » Puis il m'a donné une autre lettre que je dois porter à Paris, chez monsieur...

– Taisez-vous, Dantès ! Allez à Paris, mais ne dites rien à personne, même à moi. C'est trop dangereux. Soyez prudent, mon ami.

– Je le ferai, monsieur. Je l'ai promis. Maintenant, s'il vous plaît, puis-je quitter le bateau ? Mon vieux père m'attend à la maison. Je veux lui dire que j'ai fait un bon voyage.

– Partez vite et prenez cet argent, c'est votre salaire. Ça lui fera plaisir.

Dantès salue et s'en va. M. Morrel le rappelle en souriant :

– Vous êtes trop pressé, Edmond, pour voir seulement votre père. Vous avez l'air d'un homme amoureux.

Edmond Dantès rougit encore :

– C'est vrai monsieur, je vais voir aussi mon amie. Nous nous sommes promis de nous marier dès mon retour.

– Tiens, tiens ! Vous voulez épouser la belle Mercédès ? C'est bien. Elle est honnête et sage.

Ce sera une vraie femme de capitaine. Allez, maintenant. Je ne vous ennuie plus.

Edmond Dantès saute dans la chaloupe.

– Vive le capitaine Dantès ! crient les marins.

Danglars, lui, ne crie pas. Il dit à voix basse :

– Bientôt, ils diront : « Vive le capitaine Danglars ! »

Le père, le fils, l'amie

Le père d'Edmond Dantès habite au dernier étage d'un petit immeuble de l'allée des Meilhans, quartier pauvre de Marseille.

– Père, père, je suis de retour ! appelle Edmond, joyeux.

Pas de réponse. Le jeune homme monte les escaliers en courant. Son père est assis dans un fauteuil :

– Enfin, tu es de retour, mon enfant, dit le vieil homme d'une voix faible. Ah ! je suis heureux !

– Père, es-tu malade ?

– Non, ça va mieux. Tu es là, je suis guéri.

Edmond cherche un verre de vin, un peu de nourriture. Rien, l'appartement est vide. Mais alors... son père n'est pas malade. Il a faim, tout simplement. Depuis combien de temps n'a-t-il rien mangé ?

– Pourtant, papa, avant de partir, je t'avais laissé assez d'argent pour vivre bien...

– Oui, mais Caderousse, le propriétaire de la maison, a dû augmenter le prix de la location de notre logement. Je l'ai payé.

À ce moment, Caderousse, un homme de trente ans, entre dans l'appartement.

– Je croyais que tu étais un ami, Caderousse, dit Edmond en colère. Et voilà que tu fais mourir mon père de faim ?

- Pas du tout, répond Caderousse. Tu sais que le loyer augmente tous les ans. Je suis venu le dire à ton père. Il a voulu me payer tout de suite. Moi, je pouvais attendre. Mais tu connais ton père, Edmond, personne ne peut le faire changer d'idée... Et puis, maintenant, tu es riche, mon petit Edmond.

Et Caderousse montre le salaire d'Edmond Dantès, de belles pièces d'or posées sur la table.

Non loin de là, dans le quartier des pêcheurs, la belle Mercédès attend Edmond. À côté d'elle, son cousin Fernand Mondego, comme chaque jour, lui fait la même demande. Et, comme chaque jour, Mercédès lui répond :

- Non, Fernand, je ne t'épouserai pas. Tu es pour moi comme un frère, tu es mon meilleur ami. Mais j'aime Edmond. C'est avec lui et personne d'autre que je me marierai.

- Il t'a bien oublié, ton Edmond, répond Fernand, fou de jalousie. Son bateau est arrivé il y a trois heures, et il n'est toujours pas venu te voir, après six mois en mer. Bientôt, il va repartir. La mer est dangereuse. Lors de son prochain voyage, il peut mourir. Tu serais veuve*, Mercédès, à dix-sept ans ! Tandis que moi, je serais tous les soirs à la maison.

- Non, non, si Edmond m'a oubliée, ou s'il meurt en mer, je me tuerai... Mais regarde, le voilà qui arrive en courant. Edmond, Edmond, mon amour !

La voilà qui court, la voilà qui vole vers son amant. Derrière, Fernand met la main à sa ceinture :

- Oh, dit-il à voix basse, si j'avais mon couteau sur moi...

11

La voilà qui court, la voilà qui vole vers son amant.

Les trois jaloux

Les grands arbres de l'allée des Meilhans sont le rendez-vous de tous les amoureux de Marseille. Edmond et Mercédès s'y promènent, main dans la main. Ce soir, devant leurs amis, ils signeront leur contrat* de mariage ; demain, Edmond doit partir à Paris. Mais il sera revenu dans une semaine. Alors, ils auront pour eux seuls trois mois de bonheur. Puis le jeune capitaine du *Pharaon* repartira en mer. Elle, elle l'attendra, patiente comme une vraie femme de marin. Toute la vie s'ouvre devant eux. Ils parlent de tout cela, et de bien d'autres choses, en passant devant le restaurant de Caderousse.

À la terrasse, Danglars les regarde, un mauvais sourire aux lèvres. Pour fêter son retour, il a invité à sa table ses amis Fernand et Caderousse. Fernand n'a pas dit un mot depuis qu'ils ont commencé à boire. Pour Caderousse, c'est le contraire, le vin le fait parler :

– Mon pauvre Fernand ! Ta cousine Mercédès ne t'a même pas vu. Elle ne regarde que son Edmond. Comme on dit : les amoureux sont seuls au monde !

Fernand sort son couteau et se lève :

– Je vais le tuer. Il n'aura jamais Mercédès.

– Reste calme, idiot, lui dit Danglars en lui prenant le bras. Si tu le tues, toi non plus tu n'auras pas la belle. La police te mariera plutôt avec la guillotine*.

– Pourtant, dit Caderousse en vidant sa troisième bouteille de vin, toi aussi, Danglars, tu aimerais bien que Dantès meure. Depuis le temps que tu rêves de devenir capitaine sur le *Pharaon*.

– Tais-toi, Caderousse, tu as trop bu ! Et toi, Fernand, écoute-moi. J'ai une idée pour faire disparaître quelque temps ce cher Dantès. Sais-tu qu'il est allé voir Napoléon à l'île d'Elbe ?

– Oui, dit Caderousse. J'ai vu une lettre de l'Empereur sur la table de son père. Edmond doit la porter à Paris.

– Si la police apprenait ça, continue Danglars, le pauvre Edmond pourrait avoir quelques ennuis. Caderousse, va donc nous chercher ce qu'il faut pour écrire.

– Non, dit Fernand, ne fais pas ça ! Si Mercédès apprend que j'ai dénoncé* Dantès, elle ne voudra jamais m'épouser.

– Personne ne le saura. Nous enverrons notre petite lettre à la police sans la signer.

Caderousse trouve l'idée amusante. Danglars écrit la lettre de la main gauche pour qu'on ne reconnaisse pas son écriture.

– Non, dit Fernand, on n'a pas le droit de faire ça !

– Ce n'est qu'une plaisanterie, dit Caderousse.

– Si vous ne voulez pas, tant pis, dit Danglars en jetant la lettre par terre. À ce soir, mes amis, au mariage d'Edmond et de Mercédès.

Il se lève et s'en va. Fernand voit passer à nouveau les amoureux. Cette fois, c'est trop dur pour lui. Il prend la lettre et court à la poste.

– C'est bien, pense Danglars qui a vu toute la scène. Le *Pharaon* est à moi.

Le mariage du marin

Jamais le père Dantès n'avait vu autant de monde dans son petit appartement de l'allée des Meilhans : des amis d'enfance de son fils, des pêcheurs comme Fernand Mondego, ce brave propriétaire M. Caderousse, des marins du *Pharaon*, tout contents de venir féliciter leur nouveau capitaine. Et surtout M. Morrel, l'un des hommes les plus importants de Marseille, venu lui-même au contrat de mariage d'Edmond. Le vieux Louis Dantès est heureux. Il regarde son fils et la belle Mercédès, les yeux remplis de tendresse. Dans cinq minutes, ils seront mariés.

Soudain, on frappe à la porte.

– Police, ouvrez. Edmond Dantès est-il là ?

– C'est moi, répond Edmond.

– Je vous arrête. Suivez-moi !

M. Morrel, qui connaît bien le policier, essaie de lui parler.

– Laissez-le au moins se marier. Ce doit être une erreur. Messieurs, vous me connaissez ! Edmond Dantès est un ami...

Rien à faire. Les policiers emmènent Edmond. Mercédès s'évanouit[1]. Fernand essaie de la réveiller. Le père Dantès se met à genoux et prie. Caderousse vide une bouteille de vin. Et Danglars, maintenant que les policiers sont partis, proteste plus fort que tout le monde.

Le mariage du procureur

Le même jour, à la même heure, de l'autre côté de la ville, dans le quartier des gens riches de Marseille, M. de Villefort, le jeune procureur* du roi, fête lui aussi son contrat de mariage. Ce soir, il épouse Renée, la fille du marquis de Saint-Méran, l'un des hommes les plus nobles* et les plus riches de Marseille. En ville, on dit même que le marquis est un ami du roi Louis XVIII. Avec un beau-père comme celui-là, M. de Villefort pourra bientôt

---

1. S'évanouir : tomber sous le coup d'une émotion.

devenir, il l'espère, procureur du roi à Paris. Et il n'a que vingt-cinq ans. Le roi va vite savoir que Villefort, le mari de Renée de Saint-Méran, fait tout pour l'aider à rester sur le trône* de France. Dans dix ans, si tout va bien, le jeune procureur de Marseille peut espérer devenir ministre.

Mais hélas pour lui, M. de Villefort a un père... Et ce père, Noirtier de Villefort, que tout le monde appelle simplement Noirtier, reste encore un des plus fidèles partisans* de Napoléon. Villefort doit tout faire pour que Marseille, Paris et le roi oublient que son père s'appelle Noirtier.

On parle beaucoup de politique autour de la table de mariage.

– Le roi a été trop bon avec ce Napoléon, dit le marquis de Saint-Méran. Il aurait fallu le jeter en prison. Le tuer, peut-être. Mais pas le faire roi de l'île d'Elbe ! Savez-vous que cette île-là est à deux jours de bateau de Marseille ? Savez-vous aussi que dans l'armée de Louis XVIII il y a encore des soldats* et des officiers* qui se sont battus pour Napoléon ? Demain, tous ces sauvages pourraient bien entrer dans cette maison et nous tuer tous !

– Ne craignez rien, mon beau-père, répond Villefort. La police du roi est bien faite. Ses espions* surveillent Napoléon de près. Je sais tout de ce qui se passe à l'île d'Elbe et à Marseille. Tant que je serai procureur de cette ville, vous n'aurez rien à craindre.

Un domestique* entre et dit quelques mots à son oreille. Villefort se lève et s'excuse auprès de ses invités. Il revient quelques minutes plus tard en montrant une lettre.

– J'avais raison, mon cher beau-père. Napoléon ne fera plus de mal à personne. Les Français ne veulent plus de lui. Un policier vient de me donner cette lettre. Je vous la lis :

16

Un ami du roi informe le procureur de Marseille que le second du capitaine du Pharaon, *Edmond Dantès, s'est arrêté à l'île d'Elbe et a reçu une lettre de Napoléon. On trouvera cette lettre ou bien chez le père d'Edmond Dantès, ou dans la cabine* du capitaine du* Pharaon.
Signé : un fidèle ami du roi Louis XVIII.

Eh bien, messieurs, continue Villefort, ce Dantès aura bientôt la tête coupée.

– Oh, mon ami, dit Renée de Saint-Méran, vous n'allez pas croire ce que dit une lettre anonyme [1]. Je vous en prie, le jour de notre mariage, pardonnez, oubliez, même si cet homme est coupable.

– Ma chère Renée, répond Villefort, ces choses-là ne sont pas pour les jeunes femmes. Mon métier n'est pas de pardonner, ni d'oublier. Mon métier est de condamner. Si le nommé Edmond Dantès est innocent, je le laisserai libre. Mais si je trouve cette lettre de Napoléon, ce marin aura la tête coupée. Je vais d'ailleurs le rencontrer tout de suite au commissariat. Je serai de retour pour notre mariage. Mais la justice n'attend pas.

La justice du roi

Dans le commissariat, Edmond Dantès attend, surveillé par des policiers. Villefort connaît bien les hommes. En observant Dantès, son front haut, son œil intelligent et franc, son beau visage et son air sérieux, le procureur se dit :

« Non, celui-là n'est pas un criminel. »

Mais il sait bien aussi qu'il ne faut pas faire confiance à sa première impression. Il entre dans

---

1. Anonyme : qui n'a pas de nom. Lettre anonyme : qui n'est pas signée.

son bureau. Sur la table, un paquet de lettres prises chez le père Dantès et sur le *Pharaon :*

– Faites entrer le prisonnier !

Edmond Dantès entre, calme et souriant.

– Nom et profession ? demande Villefort.

– Je m'appelle Edmond Dantès et je suis capitaine en second sur le *Pharaon,* qui appartient à Morrel et fils.

– Que faisiez-vous quand vous avez été arrêté par les policiers ?

– J'étais au repas de mon mariage, répond Edmond d'un air un peu triste.

Villefort a un mouvement de surprise et répète :

– Vous allez vous marier...

Il ouvre la bouche pour ajouter « vous aussi », mais il se tait au dernier moment.

« La vie est bizarre, pense-t-il. Deux hommes se marient le même jour. Et l'un des deux peut tuer l'autre, d'un seul mot. »

Tout à l'heure, quand il rentrera chez lui, Villefort parlera à ses invités de cette bizarre rencontre de deux hommes, tous les deux près du bonheur. Il fera alors de la philosophie et la jolie Renée de Saint-Méran l'écoutera, les larmes aux yeux.

« Ce Dantès me paraît bien sympathique, pense encore Villefort. Mais faisons notre travail. »

Il dit alors d'une voix sévère :

– Continuez, monsieur !

– Continuer quoi ?

– D'aider la justice à trouver la vérité.

– Mais je ne sais même pas pourquoi on m'a arrêté. Expliquez-le-moi et je vous dirai tout. Mais je sais peu de choses.

– Avez-vous été soldat sous Napoléon ?

– J'étais trop jeune pour entrer dans l'armée.

– On dit que vous avez des opinions... dangereuses.

– Moi, monsieur le procureur ? Je n'ai que trois

opinions : j'aime mon père qui m'a donné la vie, j'aime Mercédès qui me donne le bonheur et j'aime M. Morrel qui me donnera la réussite.

« Ce garçon est charmant, pense Villefort. Je suis sûr qu'il n'a jamais rien fait de mal dans sa vie. Je vais le libérer*. La belle Renée sera heureuse de ce cadeau de mariage. »

– Avez-vous des ennemis, monsieur ? demande-t-il avec beaucoup de douceur.

– Moi ? Mais je ne suis qu'un petit marin ! Trop petit pour avoir des ennemis.

– Pourtant, vous allez être capitaine. Vous allez vous marier avec une jolie fille, car elle doit être jolie, n'est-ce pas, votre Mercédès ? Il y a là de quoi rendre jaloux bien des gens.

– Vous connaissez les hommes mieux que moi, monsieur le procureur. S'il y a des jaloux parmi mes amis, je ne veux pas le savoir.

– Eh bien, lisez ceci et dites-moi si vous connaissez cette écriture.

Villefort tend la lettre anonyme à Dantès. Le jeune marin la lit et devient blanc de colère :

– Ah, vous avez raison monsieur le procureur ! Celui qui a écrit ça est un ennemi et veut ma mort.

– Mais, ce que dit cet ennemi, est-ce vrai ou faux ?

– Les deux à la fois.

Dantès raconte alors son voyage à l'île d'Elbe : la mort du vieux capitaine, la rencontre avec Napoléon et la lettre que le jeune homme doit porter à Paris.

– Je comprends tout maintenant, dit Villefort. Vous avez été imprudent. Moi aussi, à dix-neuf ans, j'ai fait quelques bêtises. Ah, jeunesse ! Allez rejoindre vos amis, mariez-vous et faites de beaux enfants à la jolie Mercédès. Mais avant, montrez-moi la lettre de Napoléon !

– C'est vrai ? Vous me laissez libre ? Ah monsieur, mille fois merci.

– La lettre ?

– Elle doit être devant vous, avec les autres, répond Edmond Dantès en prenant son chapeau.

– Elle est adressée à qui ?

– À M. Noirtier, rue du Coq-Héron, à Paris.

« Noirtier ! Noirtier de Villefort, pense soudain le procureur. Ah, mon père, mon père ! Pourquoi je vous retrouve toujours sur ma route ? »

– Vous vous sentez mal ? demande Dantès en voyant le visage du procureur changer. Voulez-vous que j'appelle quelqu'un ?

– Restez ici ! C'est moi qui donne des ordres ! Vous avez bien dit Noirtier ?

– Oui, monsieur. Vous le connaissez ?

– Je ne connais pas ceux qui veulent tuer mon roi, monsieur.

– Tuer le roi ? Mais je ne le savais pas. Je n'ai pas lu cette lettre.

– Oui, mais vous connaissez le nom de celui qui va la lire.

Villefort lit la lettre et devient blanc comme la neige. Après un long silence, il dit avec difficulté :

– Personne, à part vous, ne sait que cette lettre est adressée à ce Noirtier ?

– Je le promets sur mon père et Mercédès, monsieur.

Le silence revient. Villefort lit la lettre une nouvelle fois. Les idées se mélangent dans sa tête.

« Ah, mon père ! Que je vous déteste avec vos idées de vieux fou ! pense-t-il encore. Le jour de mon mariage ! Et lui, ce Dantès, s'il apprenait un jour que Villefort est le fils de Noirtier. Peut-être est-il un menteur, peut-être a-t-il lu et sait-il ce qui se prépare. S'il sait, je suis perdu... »

De son côté, Dantès commence à comprendre que quelque chose ne va pas.

– Si vous croyez que je suis coupable, dit-il, interrogez-moi, s'il vous plaît !

Villefort a repris son visage sévère.

– Ce qu'il y a dans la lettre de Napoléon à ce Noirtier est très grave. Je ne peux pas vous libérer maintenant. Vous allez rester quelques jours en prison, le temps que je connaisse la vérité. Mais vous serez bientôt libre. Regardez ce que je fais de cette lettre, la seule preuve* contre vous.

Il la jette dans la cheminée où brûle un grand feu.

– Merci ! dit Dantès. Vous êtes un ami pour moi. Quelques jours de prison, c'est vite passé.

– Vous êtes un brave jeune homme. Demain, vous serez libre. Mais si quelqu'un d'autre vient vous interroger, ne parlez jamais de cette lettre, promettez-le-moi et vous êtes sauvé.

– Je le promets, dit Dantès.

Villefort appelle les policiers. Il donne ses ordres à l'oreille de leur chef. Les hommes emmènent Dantès. Villefort reste seul dans son bureau. Il se lève et va se regarder dans la glace :

– Non mon père ! dit-il. Cette fois, vous ne me ferez plus de mal. Au contraire ! Ce que vous préparez avec Napoléon me sera très utile. Noirtier, tu as perdu ! Villefort, va te marier, maintenant ! L'avenir est à toi.

Le lendemain, Villefort se rend à Paris. Il rencontre le roi Louis XVIII et lui apprend ce qu'il a lu dans la lettre de Napoléon : l'ancien Empereur va revenir en France et reprendre sa place sur le trône. Il arrivera dans le petit port de Fréjus et remontera jusqu'à Paris. L'armée sera avec lui, un grand nombre de Français le suivra.

Tout se passe comme l'a raconté Villefort. Le jour même de sa rencontre à Paris avec le roi, Napoléon pose le pied sur la terre de France. Louis XVIII s'enfuit en Belgique. Mais, trois mois après, Napoléon est battu à Waterloo par les autres armées d'Europe : les Cents-Jours sont finis. L'Empereur est envoyé à Sainte-Hélène, une petite île perdue au milieu de l'Atlantique. C'est là qu'il mourra. Louis XVIII revient en France. Villefort devient procureur du roi à Paris. Noirtier a perdu : Villefort a réalisé son rêve.

Le château d'If

Mais, ce soir de février 1815, tandis que Villefort rentre chez lui pour se marier, Dantès est installé dans un cachot* du commissariat. Il attend là quelques heures. La nuit tombe. Enfin, des policiers viennent le chercher. Ils montent dans une voiture sans fenêtre. Dantès demande où on l'emmène. Les soldats ne répondent pas. La voiture passe devant la grande prison de Marseille, mais ne s'arrête pas. Enfin, sur le port, les policiers font descendre Dantès de voiture. Un bateau les attend. Edmond suit ses gardiens sans protester : il croit qu'on va l'abandonner sur une côte déserte et le laisser libre. Bientôt, le bateau passe devant la maison du père Dantès et celle de Mercédès. Edmond a envie d'appeler, mais, prudent, il se tait. Le temps passe. Edmond commence à avoir peur. Il demande au chef de ses gardiens :

– Dans combien de temps arriverons-nous ?

– Dans dix minutes.

– Alors, maintenant, tu peux me dire où nous allons, puisque je le saurai dans dix minutes.

– Tu es marin, non ? Tu devrais connaître notre route !

À travers la nuit, Edmond cherche à savoir vers où ils se dirigent. Il comprend soudain : au loin, en haut d'une île, il voit la forme sombre du château d'If.

Le château d'If ! C'est dans ce sombre bâtiment que, depuis des siècles, on jette sans les juger les gens importants, dangereux pour l'État. Et ils n'en sortent jamais. Ils y disparaissent et plus personne ne sait ce qu'ils sont devenus.

– Ce n'est pas possible ! crie Edmond. M. de Villefort, mon ami, m'a promis qu'il me remettrait en liberté.

– Ça ne m'intéresse pas, mon garçon, dit le chef des gardiens. On m'a dit de t'emmener au château d'If. J'obéis. Mais attention, hein ? il faut rester sage.

– Je suis innocent !

– Ils disent tous ça, répond le policier

– Mais y a-t-il des juges* au château d'If ?

– Je sais qu'il y a un gouverneur*, des geôliers* et de bons murs. Eh ! Ne me serre pas si fort, tu me fais mal !

Edmond lâche le bras de son gardien et, soudain, essaie de sauter à l'eau. Mais ses gardiens sont plus rapides que lui et le font tomber au fond du bateau. Leur chef lui met son fusil[1] sur le front.

– Un geste, et tu es mort.

Pendant une seconde, Edmond a envie de faire ce geste pour en finir. Mais il se dit qu'être tué à dix-neuf ans, au fond d'un bateau, par un policier, n'est pas une mort pour lui. Puis il pense que M. de Villefort viendra le libérer. Alors il ne bouge

---

1. Fusil : arme à feu longue et légère.

plus, mais se tient les poings entre les dents pour ne pas crier.

La coque* du bateau heurte le rocher : ils sont arrivés.

Les policiers prennent Edmond par les bras et le traînent à l'intérieur du château. Il entend la lourde porte se fermer derrière lui. Le voilà au milieu d'une cour carrée entourée de hauts murs. Là-haut, sous la lune et la lumière des lampes, on voit briller les fusils des gardiens.

– Amenez-moi le prisonnier, crie une voix.

C'est le geôlier. Poussé par des fusils, le prisonnier suit son nouveau gardien. Ils descendent des escaliers. Enfin, le geôlier ouvre la porte d'une pièce sombre. C'est le nouveau logement d'Edmond Dantès !

Le prisonnier et le geôlier [ʒɔlje] 狱吏

– Voici votre chambre pour cette nuit, dit le geôlier. Monsieur le gouverneur dort. Demain, quand il aura lu les ordres qui ont été donnés pour vous, peut-être changerez-vous d'endroit. Il y a du pain, de l'eau et un lit. Bonsoir.

Il prend la lampe et s'en va. Edmond se retrouve seul dans le noir et le silence, debout au milieu de la pièce.

Le lendemain matin, le geôlier revient. Il trouve Dantès toujours à la même place : il a passé la nuit debout, comme un arbre mort, sans dormir. Mais ses yeux sont pleins de larmes. Le geôlier tourne autour de lui, le regarde. Edmond ne semble pas le voir.

– Vous n'avez pas dormi ? Vous n'avez pas mangé ?

– Je ne sais pas.

– Voulez-vous quelque chose ?
– Je veux voir le gouverneur.
Le geôlier hausse les épaules [1] et sort. Alors Dantès se met à genoux et prie. La journée passe. Il ne mange qu'un peu de pain et ne boit qu'un peu d'eau. Brusquement, il pense qu'il aurait pu sauter du bateau qui l'a emmené ici. Il est très bon nageur. Il aurait pu rejoindre la terre. Il aurait emmené Mercédès et son père en Espagne ou en Italie. Il aurait... Il croit devenir fou. Il se roule par terre.

Le lendemain, à la même heure, le geôlier entre :
– Êtes-vous plus sage aujourd'hui ? demande-t-il.
Edmond ne répond pas.
– Un peu de courage, voyons. Est-ce que je peux faire quelque chose pour vous ?
– Je veux parler au gouverneur.
– C'est interdit.
– Qu'est-ce que je peux faire, alors ?
– Si vous payez, vous pouvez avoir une meilleure nourriture, des livres et le droit de vous promener.
– Je ne veux rien de tout ça, je veux voir le gouverneur.
– Arrêtez de répéter la même chose, ou je ne vous apporte plus à manger.
– Eh bien je mourrai de faim, c'est tout.
– Calmez-vous, dit le geôlier. Vous pourrez rencontrer le gouverneur un jour ou l'autre, à la promenade, et vous lui raconterez ce que vous voudrez.
– Quand ?
– Je ne sais pas, moi ! Dans un mois, ou dans un an.
– C'est trop long, je veux le voir tout de suite.
– Faites attention, répond le geôlier. Quand on a toujours la même idée dans la tête, au château

---

1. Hausser les épaules : lever les épaules par impatience ou indifférence.

d'If, on peut devenir fou très vite. C'est arrivé au prisonnier qui était dans cette chambre avant vous. Il voulait offrir un million au gouverneur pour être libéré. C'était un abbé* qui racontait qu'il avait un trésor*. On l'a mis au cachot. Il y est encore.

– Mais moi, je ne suis pas fou. Je ne te donne pas un million, mais cent francs si tu vas porter une lettre à mon amie Mercédès, à Marseille.

– Cent francs ? Je gagne deux cents francs par mois. Si je vais porter une lettre, je perds mon travail.

– Très bien. Alors, mon cher geôlier, si demain, à la même heure, vous revenez ici sans le gouverneur, je vous casse la tête contre le mur.

– Vous devenez fou comme le pauvre abbé !

Dantès s'avance vers lui, les poings en avant.

Le geôlier se dirige lentement vers la porte :

– Très bien, très bien, calmez-vous, je vais prévenir le gouverneur. Il va venir vous voir tout de suite.

Et il part en courant. Il revient trois minutes après, accompagné de quatre soldats.

– Par ordre du gouverneur, dit-il, le prisonnier doit être descendu un étage plus bas.

– Au cachot, alors ? demande un des soldats.

– Au cachot, répond le geôlier, il faut mettre les fous avec les fous.

Dantès a perdu. Le regard vide, il se laisse traîner par ses gardiens. Ils descendent un escalier. On le jette dans une grande salle sombre éclairée seulement par une petite fenêtre ouverte juste sous le plafond. C'est le cachot.

Le geôlier avait raison : Dantès est devenu fou.

La visite du directeur des prisons

Les nuits et les jours passent. Manger, dormir, marcher d'un mur à l'autre... À travers la fenêtre, Dantès voit le ciel d'hiver devenir bleu. La pluie revient. Le froid. Puis le ciel bleu, à nouveau.

Ce jour-là, il entend des bruits nouveaux : des gens qui courent, des portes qui s'ouvrent. Depuis le temps, il a pris l'habitude d'écouter le plus petit bruit : une araignée[1] qui marche sur le mur, la goutte d'eau qui met une heure à tomber du plafond. Il ne se trompe pas : c'est le nouveau directeur de toutes les prisons de la région de Marseille qui vient visiter le château d'If. Cet homme important rencontre les prisonniers, leur demande comment ils sont nourris et ce qu'ils veulent. Tous lui répondent que ce qu'ils mangent est mauvais et qu'ils veulent leur liberté.

– Les prisonniers sont bien tous les mêmes, dit-il au gouverneur. Ils répètent tous la même chose...

– Pas tous, répond le gouverneur. Au château d'If, nous en avons deux qui vont vous amuser. Deux fous.

Ils descendent les escaliers qui mènent aux cachots.

– Quel malheureux peut vivre ici ? demande le directeur devant la première porte.

– Le plus dangereux de tous, répond le gouverneur.

– Depuis combien de temps est-il ici ?

– Depuis un peu plus d'un an, je crois. Il avait voulu tuer le geôlier qui lui apportait la nourriture.

---

1. Araignée : petite bête noire avec de longues pattes.

– Il ne va pas essayer de me tuer, au moins ?

– N'ayez pas peur, mes gardiens sont là. Il n'est pas encore fou, mais il le deviendra bientôt. Alors, il sera doux comme un mouton.

Ils entrent dans le cachot d'Edmond Dantès. Le prisonnier se lève. Ses longs cheveux noirs lui tombent dans le dos, sa barbe jamais coupée couvre sa poitrine, ses yeux sont rouges : on les croirait pleins de sang. Les soldats lèvent leurs fusils. Dantès comprend alors qu'il fait peur. Il se met à genoux devant le directeur des prisons.

– Monsieur, pitié ! dites-moi pourquoi je suis en prison. Quel est mon crime ?

– Vous mangez bien ? demande le directeur

– Je crois, je ne sais pas. Je veux seulement que la justice de France fasse mon procès*.

– Vous êtes bien gentil, aujourd'hui, dit le gouverneur. Vous ne voulez plus tuer votre geôlier ?

– Je lui demande pardon. Il était si bon avec moi. Mais j'étais fou à ce moment-là.

– Vous ne l'êtes plus ? demande le directeur des prisons.

– Non... Je suis à bout de forces. Il y a si longtemps que je suis ici.

– Quand êtes-vous arrivé au château d'If ?

– Le 28 février 1815.

Le directeur réfléchit :

– Nous sommes le 30 juillet 1816. Vous n'êtes prisonnier que depuis dix-sept mois seulement.

– Seulement ! Mais pour moi, c'est dix-sept ans, dix-sept siècles ! Quand on m'a arrêté, j'étais tout près du bonheur. J'allais me marier, devenir capitaine. C'était le plus beau jour de ma vie. La nuit qui a suivi a été la plus sombre. Cette nuit continue depuis dix-sept mois ! Je ne veux pas de pardon, monsieur, je veux la justice. Je veux un juge.

– C'est bien, dit le directeur, ému par ces paroles. On verra. Monsieur le gouverneur, vous me montrerez tout à l'heure le dossier de cet homme. Qui vous a fait arrêter, mon ami ?

– M. de Villefort, répond Dantès. Rencontrez-le, je vous en prie.

– Il n'est plus à Marseille, mais à Paris. Il vous détestait donc ?

– Au contraire, il a été avec moi comme un ami.

– Je peux donc avoir confiance dans les notes qu'il a laissées sur vous ?

– Oui, monsieur.

Directeur, gouverneur et soldats s'en vont. Dantès se met à genoux et prie pour cet homme qui est descendu dans sa prison et va peut-être le sauver.

Un étrange prisonnier

Dans le couloir le directeur soupire :

– Cet homme n'a pas l'air fou. Voyons l'autre prisonnier maintenant. Qui est-ce ?

– Il s'appelle l'abbé Faria. Il va vous faire rire. Il se croit le propriétaire d'un trésor. La première année, il m'a offert un million de francs pour sortir d'ici. La deuxième année, deux millions. C'est sa cinquième année. Il va essayer de vous parler à vous seul et il vous proposera cinq millions. On l'appelle « l'abbé fou ».

Au milieu de la pièce, un vieil homme presque nu trace des chiffres sur la terre de son cachot avec un bout de pierre. Il lève la tête en voyant toutes ces lumières et tous ces hommes.

Comme d'habitude, le directeur demande :

– Mangez-vous bien, avez-vous besoin de quelque chose ?

– Je n'ai besoin de rien, répond l'abbé, étonné.

– Je suis le directeur des prisons. Je suis envoyé par le gouvernement pour parler aux prisonniers.

– Alors, ce n'est pas pareil. Je m'appelle l'abbé Faria. Je suis né à Rome. J'étais le secrétaire du cardinal* Spada. Je ne sais pas pourquoi j'ai été arrêté. Mais si on me libère, je pourrai aider Napoléon et l'Italie grâce à mon trésor.

– Vous aviez raison, monsieur le gouverneur, cet homme est fou. Et très amusant.

– C'est vous, les fous, qui ne me croyez pas, murmure[1] Faria. « Ils ont des yeux et ils ne voient pas », dit l'Évangile.

– Mais mangez-vous bien ?

L'abbé ne répond plus. Il a repris son travail.

Quand la porte du cachot est refermée, le directeur dit au gouverneur :

– J'ai presque cru à son histoire de trésor. Pensez-vous qu'il peut dire la vérité ?

– S'il avait autant d'argent, répond le gouverneur, il ne serait pas en prison, mais dans un palais.

Dans le bureau du gouverneur, le directeur lit le cahier des prisonniers. Sous le nom d'Edmond Dantès, il y a écrit de la main de M. de Villefort :

« Partisan de Napoléon. Très dangereux. L'a aidé à revenir de l'île d'Elbe. Le garder dans le plus grand secret. »

Le directeur des prisons comprend. Il écrit en dessous de cette note :

« Rien à faire pour ce prisonnier. »

---

1. Murmurer : parler très bas et très doucement.

Un vieil homme presque nu trace des chiffres sur le mur de son cachot.

Seul

Les jours passent, puis les semaines, puis les mois. Au début, Edmond Dantès espère.

« Le temps que le directeur soit allé visiter d'autres prisons, il se passera un mois. Puis il rentrera à Paris. Puis il parlera de moi. Dans un mois, je serai libre... Dans deux mois... Non, dans trois mois. »

Il interroge son geôlier. Mais celui-ci ne lui répond pas. L'année passe. Maintenant, il croit qu'il a rêvé. Il se dit que ce directeur des prisons n'a jamais existé que dans ses rêves. Au bout d'un an, un nouveau gouverneur arrive. Le geôlier a pris sa retraite. Les prisonniers ne sont plus appelés par leur nom, mais par le numéro de leur cachot. Dantès s'appelle maintenant le numéro 34.

Le numéro 34 commence par se révolter. Puis il se dit qu'il est peut-être coupable. Puis il prie. Il prie Dieu et les hommes pour que simplement on le change de cachot. Il demande des livres. Le nouveau geôlier refuse. Alors, Dantès prie Dieu, toute la journée, toute la nuit. Mais Dieu se tait, lui aussi.

Il ne peut même pas trouver un secours dans la philosophie, dans l'histoire ou la science : il n'a pas été longtemps à l'école. Les mois passent. Il sent la colère monter en lui contre Dieu, contre son geôlier, contre tous les hommes. Dans sa tête, il lit et relit la lettre que lui avait montré Villefort. Il croit savoir qui a écrit cette lettre : c'est l'humanité tout entière, c'est Dieu, c'est son geôlier. Le monde entier est son ennemi. Il tue l'araignée qui court sur le mur : elle aussi a écrit cette lettre. Il va devenir fou. La mort seule peut le libérer. Pendant de longues années, Dantès passe de la prière à la colère, de la colère à la folie, et de la folie à la prière. Un jour, il dit aux murs de son cachot :

– Je veux mourir.

Il ne veut pas se mettre une corde autour du cou et mourir ainsi : c'est trop laid. Il ne veut pas tuer son geôlier, puis se faire couper la tête dans la cour de la prison. Dantès n'est pas un criminel. Non ! Il mourra de faim ! c'est la mort la plus propre. Il jette son repas par la fenêtre. Quatre jours se passent. Maintenant, il ne peut plus bouger. Il reste sur son lit. Son ventre ne lui fait plus mal. Il ne voit plus, il n'entend plus. Son geôlier pense qu'il est malade. Mais il n'y pas de médecin au château d'If. Les prisonniers meurent dans leur cachot, sans être soignés.

Edmond Dantès est presque heureux. En fermant les yeux, il voit des lumières. Dans ses oreilles, il entend un bruit.

Le numéro 27

... Mais ce n'est pas un rêve. Il ouvre les yeux. Sa tête est lourde, il se lève quand même. Maintenant, il entend un autre bruit, comme si, après avoir frappé, on creusait.

Le geôlier entre avec le repas du soir. Dantès crie très fort pour que son gardien n'entende pas le bruit :

– J'ai le droit de crier, non ? Ce n'est pas interdit.

Le geôlier croit qu'il est malade, dépose le repas sur la table et s'en va. Avec prudence, Dantès mange lentement et retrouve un peu de forces. Il se lève, écoute les bruits qui semblent sortir du mur. Puis il casse le pied de sa chaise et frappe sur le mur. Le bruit s'arrête.

« Si c'est un ouvrier qui travaille, pense-t-il, il recommencera tout de suite. Si c'est un prisonnier qui cherche à s'évader [1], il ne recommencera que cette nuit. »

Le bruit recommence seulement quand la nuit est tombée : c'est donc un prisonnier. Il faut l'aider. Dantès casse le pot dans lequel on lui sert à boire. Le bruit vient de derrière son lit. Il le pousse et essaie de creuser le mur avec un morceau. Au bout d'une heure, il réussit à enlever une grosse pierre. Mais de l'autre côté, l'autre prisonnier a arrêté de travailler. Dantès met son assiette devant la porte. Le geôlier, en entrant, marche dessus et la casse.

– Vous cassez tout maintenant ! dit-il, en colère. Tant pis, vous mangerez dans la casserole.

C'est ce que Dantès voulait : une casserole en fer ! Il peut enlever la pierre, puis une autre. Le soir, quand le geôlier revient, il a caché son travail derrière son lit.

Jusqu'au milieu de la nuit, Dantès continue de creuser. Soudain, il sent sous son outil quelque chose de plus dur : c'est une grosse poutre [2] en fer. Il ne peut plus creuser !

– Dieu est contre moi. Cette fois, je vais mourir.

Il entend une voix au-dessous de la terre, comme celle d'un mort qui se réveille :

– Qui parle de Dieu et de mourir ?

Dantès commence à trembler. Pour la première fois depuis quatre ans, il entend parler un homme. Car, pour le prisonnier, un geôlier n'est pas un homme : ce n'est qu'une porte vivante.

– Parlez-moi encore, supplie-t-il. Qui êtes-vous ?
– Qui êtes-vous vous-même ?

---
1. S'évader : partir en secret d'une prison.
2. Poutre : pièce de bois ou de métal servant à soutenir un toit ou un mur.

– Un malheureux prisonnier.
– De quel pays ? quel nom ? quel métier ? Depuis combien de temps êtes-vous là ? Pourquoi êtes-vous en prison ?

On dirait un policier. Tant pis ! Dantès est trop heureux de répondre enfin à quelqu'un et il dit, sans se méfier :

– Je suis français. Je m'appelle Edmond Dantès. Je suis marin. On m'a enfermé au château d'If le 28 février 1815 pour avoir essayé de faire revenir Napoléon au pouvoir. Mais je suis innocent.

– Quoi ? L'Empereur serait donc prisonnier ?

– Non, il a été battu en 1814, et est parti en exil [1] à l'île d'Elbe. Mais depuis quand êtes-vous ici ? demande-t-il à l'inconnu.

– Depuis 1811. Ne creusez plus. Dites-moi où vous avez creusé et comment est votre cachot.

– J'ai creusé sous mon lit. La porte de mon cachot donne sur un couloir. De l'autre côté de ce couloir, il y a un autre cachot. De ma fenêtre, je vois la cour du château d'If.

– Alors, c'est terrible, je me suis trompé dans mes calculs car je croyais que mon tunnel [2] arrivait à la mer. Je me serais alors jeté à l'eau et j'étais sauvé. Tout est perdu.

– Tout ?

– Oui, cachez ce que vous avez creusé, ne travaillez plus et attendez de mes nouvelles.

– Dites-moi au moins qui vous êtes.

– Je suis le numéro 27.

– Vous avez peur de moi ? Je vous promets que je ne dirai rien. Revenez me parler, je vous en prie, sinon, je me casse la tête contre le mur.

– Quel âge avez-vous ? demande le numéro 27.

---

1. En exil : envoyé hors de la France, sans être autorisé à y revenir.
2. Tunnel : couloir creusé sous la terre.

– Je ne sais pas. Je n'ai pas compté les jours. Mais quand on m'a enfermé, j'avais dix-neuf ans.

– Alors, vous en avez vingt-six. À cet âge-là, on n'est pas un traître*. Vous me verrez bientôt. Mais avant, il faut que je refasse mes calculs. À demain.

Le lendemain à la même heure, Dantès entre dans le trou. Il entend la voix de son mystérieux compagnon :

– Votre geôlier est parti ?
– Oui.
– Alors, me voici !

L'abbé Faria

Dantès, qui est à genoux dans le tunnel, sent que la terre s'effondre[1] sous ses mains. Il se jette en arrière. La terre s'ouvre. Une tête, un corps, puis des jambes sortent du trou. C'est un vieil homme très maigre aux longs cheveux et à la longue barbe blanche. Il n'a sur lui que quelques bouts de tissus déchirés. Dantès l'embrasse comme un père. Le vieil homme fait le tour du cachot, jette un regard par la fenêtre. Enfin, il dit avec calme :

– Nous ne sortirons pas d'ici. Que la volonté de Dieu soit faite. Monsieur, permettez-moi de me présenter. Je m'appelle l'abbé Faria. J'ai soixante-quatre ans. Je suis au château d'If depuis dix ans, dans un cachot à quinze mètres du vôtre, de l'autre côté du couloir où passe le geôlier. J'ai creusé pendant deux ans en dessous de ce couloir car je croyais arriver jusqu'à la mer. Mais avant, j'ai passé trois ans dans d'autres prisons d'Italie et

---

1. S'effondrer : tomber d'un seul coup.

Une tête, un corps, des jambes sortent du trou. C'est un vieil homme très maigre, à la longue barbe blanche.

de France. J'étais un homme politique important. Un jour, j'ai proposé à un prince de faire l'unité de l'Italie. Ce prince m'a jeté en prison.

Dantès pense que risquer sa vie pour une telle idée est bien bizarre et il demande :

– Vous n'êtes pas l'abbé que le geôlier croit... malade ?

– Que l'on croit fou, voulez-vous dire ? Oui, c'est moi qui amuse depuis si longtemps les habitants de cette prison.

Les deux hommes parlent ainsi toute la nuit. Dantès est rassuré : Faria n'est pas fou. Il est au contraire très savant. Et lui, le pauvre marin qui ne sait rien, commence à l'admirer. Ils traversent le tunnel en dessous du couloir du geôlier et remontent dans le cachot de l'abbé. Faria sait tout faire avec ses mains : des outils avec les bouts de fer de son lit, du papier avec ses chemises, de l'encre et des crayons avec les poissons servis le vendredi. La moindre petite chose est devenue un objet utile.

La lumière dans le noir

– Vous qui êtes si savant, monsieur l'abbé, expliquez-moi pourquoi je suis en prison depuis tant d'années, demande Dantès.

Et il raconte alors son histoire.

Très vite, l'abbé a tout compris. Il pose quelques questions précises sur Danglars, Fernand, Caderousse. Et soudain, tout paraît clair à Dantès :

– Je me souviens ! Le jour où j'ai été jeté en prison, ils écrivaient sur une table du restaurant de Caderousse.

– Il faut toujours chercher à qui le crime est utile. Mais, dans le bureau de Villefort, que sont devenues la lettre anonyme et celle de Napoléon ?

– M. de Villefort a mis la lettre anonyme dans un tiroir et l'autre, celle de Napoléon, il l'a brûlée pour qu'il n'y ait pas de preuve contre moi.

– À qui était adressée cette lettre ?

– À M. Noirtier, à Paris.

L'abbé Faria éclate de rire :

– Je l'ai connu, ce Noirtier. Il est venu à Rome avec Napoléon. Il s'appelle Noirtier de Villefort. C'est le père du procureur !

– Son père ! Oh, je vous quitte, monsieur l'abbé, je veux être seul quelque temps.

Le professeur et l'élève

Pendant toute une journée et toute une nuit, l'abbé Faria n'a pas vu Dantès. Le geôlier est passé deux fois dans les cachots. Il n'a rien remarqué. Faria enlève la pierre qui cache le tunnel et arrive dans le cachot de Dantès. Son ami n'a pas bougé. Il est là, couché sur le dos, comme une statue.

– Je vous invite à dîner, mon cher, dit le vieil homme.

Ses repas sont en effet meilleurs que ceux des autres prisonniers : le geôlier soigne bien ce « fou amusant » pour qu'il vive encore longtemps. Dantès accepte. Pendant le repas, Faria observe son jeune ami. Puis il dit :

– Je n'aurais pas dû vous dire la vérité.

– Pourquoi ?

– Parce que j'ai mis dans votre cœur un sentiment qui n'y était pas : la vengeance*.

Dantès sourit :

– Parlons d'autre chose. J'ai une idée pour sortir d'ici. Nous continuons notre tunnel jusqu'au chemin des gardiens qui fait le tour du château, dehors. Nous sortons la nuit, je tue le gardien et nous sautons à la mer.

– Tuer ? Jamais. Avez-vous oublié que je suis un abbé, un homme de Dieu ? Je refuse, mon ami.

– Nous essaierons alors de trouver un autre plan. En attendant, mon père, devenez mon professeur. Apprenez-moi un peu ce que vous savez. Et je ne vous parle plus de tuer.

Dès le lendemain, l'abbé Faria devient le professeur du jeune homme. Il lui apprend l'anglais, l'allemand et le grec, les mathématiques, la philosophie, la chimie. Il lui raconte aussi l'histoire des nations.

Un an se passe ainsi. Edmond est devenu un autre homme. Il a pris les manières nobles de l'abbé. Personne ne reconnaîtrait en lui le petit marin de Marseille.

Mais l'abbé, lui, devient de plus en plus triste.

– Ah ! s'il n'y avait pas de gardien, dit-il un jour.

– Il y en a un, répond Dantès. Un gardien que je peux tuer.

– Non, jamais, jamais je ne serai un assassin !

– Avez-vous une autre idée ?

L'abbé ne répond rien et reprend la leçon.

Trois mois passent encore.

– Êtes-vous fort, Edmond ? demande un jour l'abbé.

Dantès répond en prenant une pierre très lourde et en la levant facilement au-dessus de sa tête.

– Promettez-moi de ne pas tuer le soldat, dit l'abbé.

– Je le promets.

– Alors, nous pourrons nous évader.

– Dans combien de temps ?

– Dans un an au plus tôt si nous travaillons tout de suite.

– Mais alors ! nous avons perdu un an déjà.

– Perdu ? vous croyez que vous avez perdu un an ?

La maladie

Le plan de Faria va demander beaucoup de travail : au milieu du tunnel qui réunit leurs deux cachots, ils creuseront à nouveau pour aller en dessous du chemin des gardiens, construit sur un des murs extérieurs du château. Quand un gardien passera, le chemin s'effondrera sous ses pas. Le soldat, surpris, ne pourra pas se défendre, Dantès l'attachera et lui mettra un bout de tissu sur la bouche pour l'empêcher de crier. Le long d'une corde faite avec leurs vêtements, ils descendront jusqu'aux rochers et courront jusqu'à la mer.

Ils se mettent au travail. Chaque nuit, ils jettent un peu de terre par la fenêtre. La terre s'envole dans le vent.

Une nuit, alors qu'il creuse, Dantès entend derrière lui l'abbé Faria qui l'appelle. Il entre dans le cachot. Faria est debout au milieu de la pièce, tremblant, couvert de sueur, les yeux creusés d'un cercle bleu, les lèvres blanches.

– Oh, mon Dieu ! dit Dantès, qu'y a-t-il, qu'avez-vous ?

– Vite, vite, écoutez-moi ! Ne perdons pas de temps sinon je suis perdu. J'ai déjà eu cette maladie avant d'entrer en prison. Je vais peut-être en mourir cette fois-ci. Soulevez mon lit, vous trouverez en dessous une petite bouteille remplie d'une boisson rouge. Bien. Maintenant, couchez-moi sur mon lit. Dans un instant, je vais peut-être crier, me tordre [1]. Tenez-moi bien fort. Empêchez-moi de bouger. Si le geôlier entend mes cris, il

---

1. Se tordre : bouger dans tous les sens en restant à la même place.

pourrait me changer de cachot. Puis, je deviendrai raide, comme si j'étais mort. Avec le couteau, vous ouvrirez mes dents et vous verserez dans ma bouche dix gouttes de ce médicament. Alors, peut-être, je serai sauvé.

– Peut-être ?

Brusquement, le corps de l'abbé se tord comme s'il était sur des flammes. Il crie, mais Dantès le fait taire en lui mettant la couverture sur la bouche. Enfin, Faria se calme et ne bouge plus, raide comme un mort. Dantès lui glisse le médicament dans la bouche. Une heure passe. L'abbé ouvre les yeux.

– Il est sauvé ! dit Dantès

– Hélas, mon ami, répond l'abbé d'une voix faible, je ne pourrai pas m'évader avec vous.

– Non, vous allez guérir. Je ne vous abandonnerai jamais

– Je connais bien cette maladie. La prochaine fois, je ne pourrai bouger ni les bras ni les jambes... Si je n'en meurs pas !

– Nous serons loin, ce jour-là. Nous serons libres. Un médecin pourra vous sauver. Bientôt, j'aurai fini le tunnel. Nous pourrons partir.

– Hélas, mon ami, touchez mon bras gauche, il ne bouge plus. Je ne pourrai pas nager jusqu'à la terre.

– Je vous porterai.

– Vous êtes marin, vous savez bien que c'est impossible. Partez seul.

– Jamais. Je vous promets de rester avec vous jusqu'à votre mort. Vous êtes mon nouveau père. Et un fils n'abandonne pas son père quand celui-ci va mourir.

– Finissez le tunnel. Ainsi, nous partirons ensemble le même jour : vous vers la liberté, moi vers le ciel.

Une histoire de fou

Dantès a travaillé pendant toute la nuit. Au matin, il entend des pas au-dessus de lui. Et une voix qui dit :

– Au travail, messieurs, il faut réparer entièrement le chemin des gardiens. Il peut s'effondrer à tout instant. Je veux que ça soit solide comme un rocher.

Toute cette année de travail risque d'être perdue ! Il faudrait s'évader dès cette nuit. Mais Dantès a promis à son maître qu'il resterait avec lui jusqu'à la mort. Il retourne chez Faria. L'abbé semble aller mieux. Il est assis au bord de son lit. Son bras gauche pend le long de son corps. Il bouge difficilement sa jambe.

– Il faut que je vous parle, Edmond, dit-il en tendant un morceau de papier. Lisez.

– Je ne vois qu'un papier à demi brûlé. L'écriture est ancienne. Ce texte ne veut rien dire.

– Edmond, écoutez-moi, croyez-moi ! Ce que vous venez de lire vaut des millions et des millions de francs. C'est mon trésor, Edmond. Et ce trésor sera à vous.

Dantès est effrayé. Son cœur se serre. Le geôlier disait donc la vérité : l'abbé Faria est fou ! Jamais il n'avait parlé de ce trésor à Dantès. Est-ce la maladie qui a fait retomber le vieil homme dans la folie ? Dantès balbutie[1] :

– Votre... votre trésor ?

– Vous êtes comme les autres, n'est-ce pas, vous me croyez fou, dit Faria avec un bon sourire. Soyez tranquille, je ne le suis pas et ne l'ai jamais

---

1. Balbutier : parler avec difficulté.

été. Et une fois que je serai mort, ce trésor vous appartiendra.

– Allons, allons, répond Dantès comme s'il parlait à un enfant, vous êtes encore fatigué. Nous verrons tout ça plus tard. Pour des prisonniers, un trésor, ce n'est pas urgent.

– Pas urgent ? Mais demain, après-demain, ma maladie peut revenir. Tout sera fini, alors ! Ce trésor sera perdu pour toujours. Edmond, je vous en prie, croyez-moi ! Il est tellement grand qu'il pourrait faire le bonheur de dix familles. Vous ne me croyez donc pas ? Relisez ce papier.

« Ne le fâchons pas », pense Dantès. Et il lit :

« Le pape Alexandre VI... empoisonner*... Spada... trésor... deux millions... Monte-Cristo... au coin de la seconde grotte...[1]. »

– Mais ces mots n'ont aucun sens.

– Oui, mais moi, après des années de travail j'ai réussi à reconstruire chaque phrase et...

– Des pas ! Le geôlier arrive. Je pars, dit Dantès, content de ne plus entendre cette histoire de fou.

Dans son cachot, Edmond Dantès met de l'ordre dans ses idées : l'abbé est-il redevenu fou ? Est-ce lui qui se trompe sur ce trésor ou les autres qui se trompent sur Faria ? Il a peur de revenir dans le cachot de son ami. Les heures passent. Il entend un bruit. C'est l'abbé qui a réussi à traverser le tunnel malgré sa faiblesse.

– Je veux faire votre bonheur, Edmond, dit Faria. Écoutez au moins mon histoire. Après seulement, vous pourrez juger si je suis fou ou non.

---

1. Grotte : endroit creusé dans le rocher par la nature.

Un beau livre de prières

Longtemps avant d'être mis en prison, l'abbé Faria avait été le secrétaire et l'ami du cardinal* Spada, dernier-né d'une vieille famille de Rome. Et Faria lui-même était devenu un personnage important de la vie politique en Italie. Avant de mourir, le cardinal laissa sa maison et ses quelques biens à Faria. Mais il demanda à son secrétaire de raconter dans un livre l'histoire de la famille Spada. Quelques mois après la mort du cardinal, l'abbé travaillait dans la bibliothèque. Son livre sur la famille Spada en était arrivé au XVIe siècle :

« En 1500, régnait à Rome le pape Alexandre VI Borgia. En ce temps-là, le Vatican était un lieu d'intrigues* et de complots*. Ainsi, Alexandre VI avait pour ennemi l'ancêtre* du cardinal Spada. Il voulait voler sa fortune* et le fit empoisonner. Alexandre VI fouilla le palais de Spada et découvrit un papier écrit par sa victime* : "Je laisse à mon fils le trésor de ma famille, mais surtout mon beau livre de prières. Il doit le garder en souvenir de moi." Malgré de nombreuses recherches, le pape ne trouva rien. Il mourut quelques années plus tard. De son côté, la famille Spada chercha longtemps le trésor. Puis, peu à peu, l'histoire du trésor de Spada fut oubliée. »

– Eh bien Edmond, demande Faria en arrêtant son récit, ce que je vous raconte vous semble-t-il une histoire de fou ?

– Oh non, en vous écoutant, je crois lire le plus intéressant des livres. Continuez, je vous en prie.

– Pendant plus de trois cents ans, continue Faria, le trésor fut oublié. Jusqu'à ce jour de 1807 où je travaillais dans la bibliothèque du cardinal. Fatigué, je m'étais endormi en lisant un livre de prières. Quand je me suis réveillé, il faisait nuit. Pour avoir de la lumière, j'ai mis le feu à un vieux papier qui était tombé par terre. Des mots sont apparus. J'ai vite éteint le papier. Mais certains mots avaient déjà été brûlés. C'est ce papier que je vous ai montré hier. Il était tombé du livre de prières pendant que je dormais. Le livre de prières du Spada de 1500 ! Pendant des semaines, j'ai cherché ce qu'il voulait dire. J'ai fini par trouver. Lisez ceci !

Faria montre un papier moins vieux que l'autre. Dantès reconnaît l'écriture de son ami. Le texte explique comment découvrir le trésor caché dans une grotte de l'île de Monte-Cristo.

– Et qu'avez-vous fait, alors ? demande Dantès qui voit bien, maintenant, que son ami n'a jamais été fou.

– Je suis parti tout de suite de Rome. Mais, depuis que j'avais écrit mon livre sur l'unité de l'Italie, des policiers me surveillaient jour et nuit. Ils ont cru que je voulais m'enfuir et ils m'ont arrêté alors que je montais dans le bateau qui devait m'emmener sur l'île de Monte-Cristo. Depuis ce jour, je suis prisonnier. Et bientôt, je vais mourir. Mais mon trésor sera un jour à vous. À vous Edmond, à vous, mon fils. Mon fils né en prison...

La mort de l'abbé Faria

Edmond Dantès connaît bien Monte-Cristo, cette île déserte entre la Corse et l'Italie. Quand il était marin sur le *Pharaon*, il s'y arrêtait parfois pour prendre de l'eau et chasser des chèvres. Pour Faria, il dessine la carte de la petite île. Bientôt, ils peuvent marquer d'une croix la grotte où est caché le trésor.

La vie continue dans les cachots du château d'If. Le chemin des gardiens est maintenant complètement réparé. Dantès ne peut plus creuser. Il lui faudra trouver un autre chemin pour s'évader.

Une nuit, Dantès se réveille. Il a entendu, dans son sommeil, la voix de Faria, dans l'autre cachot. Depuis le temps qu'il vit ici, ses yeux voient la nuit, comme les chats, et ses oreilles entendent le moindre bruit. Il pousse son lit, enlève la pierre qui ferme l'entrée du tunnel entre les deux cachots. L'abbé est debout, pâle comme la première fois.

– Vous comprenez ce qui m'arrive, n'est-ce pas, mon ami ? dit-il d'une voix tremblante :

Dantès court vers la porte et crie :

– Au secours ! au secours !

– Silence ! dit Faria en lui prenant le bras. Pensez à vous. S'ils vous trouvent ici, les gardiens découvriront aussi le tunnel. Espérez ! Quand je serai mort, un autre prisonnier viendra dans mon cachot, plus jeune, plus fort. Il vous aidera mieux que moi à sortir d'ici. Ah ! Il est temps que je meure.

– Taisez-vous, taisez-vous ! crie Dantès en pleurant.

– Portez-moi sur mon lit. Faites comme la dernière fois, mais versez tout le médicament. Adieu, mon ami. Mon trésor existe. N'oubliez pas Monte-Cristo !

Alors, le vieil homme se met à se tordre avec une force extraordinaire. Au bout d'une heure, il se calme enfin. Dantès lui vide la bouteille dans la bouche. Puis il s'assoit devant le lit, prend la main de son ami et attend. Les heures passent. Mais les yeux ouverts ne bougent plus. La main est froide et raide. L'abbé Faria est mort.

Le jour s'est levé. Le geôlier va venir. Vite, il faut s'enfuir, refermer le tunnel, se jeter sur son lit et faire semblant de dormir [1].

---

1. Faire semblant de dormir : faire croire qu'on dort.

Un sac tout neuf

Dès que la porte de son cachot se referme, Dantès saute de son lit et se précipite dans le tunnel. Le voilà juste derrière le cachot de l'abbé. Le geôlier vient d'entrer. Il touche le corps de Faria. Il appelle à l'aide. Dantès entend le pas lourd des soldats, puis la voix du gouverneur :

– Jetez-lui de l'eau au visage... Il ne bouge pas. Allez chercher le médecin.

Le gouverneur sort. Un soldat se met à rire :

– L'abbé fou est parti chercher son trésor. Bon voyage !

– Il ne pourra même pas payer son linceul [1], répond une autre voix.

– Bah ! Au château d'If, c'est la peau du mort, le linceul.

– Tu te trompes. C'était un homme d'Église. On lui donnera un sac.

Les deux soldats s'en vont. Au bout d'une heure, le gouverneur revient avec le médecin :

– Il est bien mort, dit ce dernier.

– Dommage. C'était un fou amusant, très doux. Docteur, vous devez être sûr de la mort de cet homme.

– Faites chauffer les fers [2].

Dans son tunnel, Edmond Dantès entend d'autres bruits de pas. Puis il sent une odeur de peau brûlée. Dantès se mord le poing pour ne pas crier sa peine.

– Vous voyez, dit le médecin, le voilà délivré de sa prison.

---

1. Linceul : drap dans lequel on met les morts.
2. Faire chauffer les fers : on touche la personne avec un fer brûlant pour être sûr qu'elle est bien morte.

– C'est bien triste. Ah, malgré sa folie, c'était un homme intelligent. Il m'a même donné des conseils pour soigner ma femme.

– C'était un médecin, comme moi ? J'espère que vous l'enterrerez[1] comme il faut.

– Il aura un beau sac neuf, docteur. Geôlier ! Va m'en chercher un.

Encore des bruits de pas. Le médecin continue :

– Lui donnerez-vous une messe à l'église du château ?

– Ce n'est pas utile. Dieu n'enverra pas un abbé en enfer.

Les deux hommes se mettent à rire. Au-dessous d'eux, Dantès se retient de toutes ses forces pour ne pas sortir de son tunnel et tuer ces gens qui plaisantent ainsi devant un mort. Un mort qui s'appelait l'abbé Faria. Enfin, le gouverneur, le médecin, le geôlier et les soldats s'en vont. Dantès entend la porte se fermer. Le silence revient. Dantès repousse la pierre et entre dans le cachot de son ami mort.

Le cimetière du château d'If

Sur le lit, le corps de Faria est enveloppé dans un sac de toile épaisse. Voilà donc son linceul ! Dantès se met à genoux. Seul, à nouveau, comme le jour lointain où on l'a jeté en prison ! Et, comme ce jour-là, Dantès a envie de mourir. Il prie. Puis il relève la tête.

– Non, il faut vivre, être libre. Si je meurs, qui punira* Danglars, Fernand, Caderousse et Villefort ? Je dois fuir. Mais comment ? Il faudra des années de travail pour creuser un nouveau tunnel. Hélas, c'est

---

1. Enterrer : mettre sous la terre.

bien fini... Je sortirai de mon cachot comme l'abbé Faria, dans un sac... Dans un sac ?

Une idée traverse soudain sa pensée. Il se frappe le front, se lève, fait trois fois le tour de la chambre en répétant « dans un sac, dans un sac ». Puis il se jette à nouveau devant le lit.

– Oh, mon père, mon maître, merci de m'avoir envoyé cette idée de Là-Haut, dans le Ciel. Puisque seuls les morts peuvent sortir du château d'If, moi qui suis vivant, je m'en irai d'ici par le chemin des morts.

Avec le couteau que Faria a fabriqué, il enlève la corde qui ferme le sac. Il sort le corps de l'abbé, le traîne dans le tunnel jusqu'à son cachot, le dépose sur son lit, le cache sous une couverture, essaie de fermer les yeux vides et tourne la tête de l'abbé contre le mur. Le geôlier, en apportant le repas du soir, croira que Dantès dort. Il laissera le repas par terre et s'en ira, comme d'habitude. Dantès descend dans le tunnel, remet le lit contre le mur, et entre dans le cachot de l'abbé. Il se déshabille entièrement, cache ses vêtements, prend son couteau, se glisse dans le sac et le referme de l'intérieur. Un peu plus tard, le geôlier entre dans le cachot de Dantès et en ressort. Tout va bien. Il suffit maintenant d'attendre que l'on vienne le chercher et le porter jusqu'au cimetière* du château d'If. Il se laissera enterrer à la place de l'abbé Faria. Puis, dans la nuit, il creusera la terre pour ressortir et sauter à la mer.

« Et si la terre m'écrase, eh bien, tant mieux, tout sera fini », pense-t-il.

Longtemps après, deux soldats entrent dans le cachot de l'abbé. L'un prend le sac par les pieds, l'autre par la tête. Dantès se fait raide comme un mort.

– Ah, qu'il est lourd. Ce vieux fou était pourtant si maigre !

Un des hommes prend Dantès par les pieds, l'autre par la tête.

– Il a dû manger son trésor.

Ils sortent du cachot et montent l'escalier. Dantès sent l'air froid de la nuit. Il reconnaît le mistral[1]. Il est presque heureux. Les hommes le portent encore un peu puis le déposent.

– Oh, je me repose un peu, moi, dit un des hommes en s'asseyant sur le sac.

– Eh, éclaire-moi ! dit l'autre. Je ne trouve pas ce que je cherche.

L'homme qui s'est assis sur Dantès se relève.

---

1. Mistral : vent qui descend le Rhône vers la mer Méditerranée.

– J'ai trouvé !

Dantès sent qu'on lui attache les pieds.

– C'est prêt, dit le deuxième soldat, on peut y aller.

Ils reprennent le sac et le portent encore pendant une cinquantaine de mètres, le déposent à nouveau, ouvrent une porte. Dantès entend les vagues autour de l'île.

– Mauvais temps ! dit le premier soldat. Je n'aimerais pas être en mer.

– Ça oui ! Monsieur l'abbé va avoir froid.

Ils rient.

– Nous voilà enfin arrivés, dit le premier soldat.

– Non, c'est plus loin, répond l'autre. Rappelle-toi, le dernier est resté sur les rochers. Le gouverneur n'était pas content.

Ils continuent un peu et s'arrêtent encore une fois. Un des hommes prend Dantès par les pieds, l'autre par la tête.

– Une, deux, trois.

Dantès sent qu'il traverse l'air comme un oiseau blessé. Il tombe, tombe toujours. Quelque chose de lourd le tire vers le bas. Il croit tomber pendant des siècles. Enfin, il plonge dans l'eau glacée, pousse un cri et coule* dans la mer, une pierre aux pieds.

La mer est le cimetière du château d'If.

L'île de Tiboulen

Dantès réussit à couper le sac, puis la corde qui attache ses pieds à la pierre avec le couteau de l'abbé Faria. D'un seul coup, il remonte à la surface, respire profondément, voit là-haut, sur l'île, la lumière de la lampe des soldats. Ils ont peut-être entendu son cri quand il a touché l'eau. Il plonge et nage longtemps sans respirer. Il remonte enfin.

Cette fois, la lumière a disparu. Il essaie de savoir où il se trouve. Le ciel est noir. Une tempête* se prépare. Les vagues grossissent. L'île déserte la plus proche est celle de Tiboulen, à plus de quatre kilomètres du château d'If. Il nage vers elle.

Une forme noire apparaît devant lui. C'est la terre ! Il est arrivé à l'île de Tiboulen. Il se relève, fait quelques pas, se couche sur un rocher et remercie Dieu. Puis il s'endort comme un enfant. Le bruit de la tempête le réveille. Dantès se cache sous un rocher. L'île tremble sous le coup des vagues. Il se rappelle qu'il n'a rien mangé depuis vingt-quatre heures. Il boit un peu d'eau de pluie dans le creux de sa main. Il lève la tête et voit un bateau qui se dirige droit sur un rocher dangereux que l'ancien marin connaît bien. Il se met debout, lève les bras mais ne peut rien faire pour attirer leur attention. Et le bateau se brise. Dantès descend jusqu'au rivage*. Il n'y a plus rien sur la mer en colère.

Au petit jour, la tempête s'est calmée. Le soleil se lève dans un ciel clair. Le château d'If au loin ressemble à un animal marin. Dantès regarde longtemps toute cette beauté qu'il croyait avoir oubliée. Il aperçoit un bateau qui sort du port de Marseille, très loin, là-bas. Il veut se jeter à l'eau pour le rejoindre. Puis il réfléchit :

– Les marins, en me voyant arriver nu, avec ces cheveux longs et cette barbe, vont tout de suite comprendre que je suis un prisonnier évadé. Ils me vendront à la police. Tant pis ! Je n'ai pas le choix.

Il voit un chapeau de marin et de gros bouts de bois au bord de l'eau, ce qui reste du bateau perdu cette nuit dans la tempête. Il met le chapeau sur sa tête, prend un bout de bois et nage longtemps vers le bateau. Bientôt, il est près de lui et crie :

– Au secours, à l'aide !

Les marins le voient. Ils descendent une chaloupe à la mer.

Les marins le voient. Ils descendent une chaloupe à la mer. Dantès abandonne son bout de bois pour aller plus vite à leur rencontre. C'est une erreur. Il n'a plus de force. Il va mourir. Une main le tire par les cheveux.

L'homme aux cheveux longs

Il se réveille sur le pont* du bateau. Le château d'If est déjà loin derrière lui. Un marin lui frotte le corps avec une couverture. Un autre lui donne de l'alcool à boire. Le patron du bateau le regarde et lui demande en mauvais français :

– Bienvenue à bord* de la *Petite Amélie*. Qui êtes-vous ?

– Je suis un marin de Malte, répond Dantès en bon italien. Nous venions de Syracuse à Marseille avec du vin. La tempête nous a jetés sur les rochers. Moi seul ai pu me sauver. Mon capitaine et les deux autres marins sont morts. Je veux remercier celui qui m'a sauvé la vie.

– C'est moi, dit un garçon au visage sympathique. Je m'appelle Jacopo. Mais quand j'ai vu votre barbe et vos cheveux, j'ai eu peur de vous. Je vous ai presque laissé tomber dans l'eau.

– J'avais oublié, dit Dantès. Il y a longtemps de cela, j'ai été très malade et près de mourir. Quand j'ai été guéri, j'ai promis à la Sainte Vierge de ne pas me couper les cheveux et la barbe pendant dix ans. Mais, dites-moi, quel jour sommes-nous ?

– Le 28 février, répond Jacopo.

– De quelle année ? J'ai eu tellement peur que j'ai même oublié la date !

– Je comprends ça ! Moi, j'aurais oublié mon nom de famille ! Nous sommes le 28 février 1829.

Dantès regarde le château d'If, tout petit derrière lui. Quatorze ans dans cette prison ! Il était entré là-bas à l'âge de dix-neuf ans. Aujourd'hui, il en a trente-trois.

– Capitaine, dit-il au patron, je suis bon marin. Mais je n'ai plus de bateau. Vous voulez bien de moi ?

– Montrez-moi ce que vous savez faire.

Dantès prend le gouvernail* et conduit si bien que le bateau va encore plus vite.

– Bravo, dit le patron, je vous engage. Cent francs par mois, plus quelques avantages sur des marchandises qui... Nous verrons..

Soudain, ils entendent un coup de canon*. Ils se retournent. Cela vient du château d'If.

– Qu'est-ce que c'est ? demande le patron.

– Oh rien ! répond Dantès. Encore un prisonnier

qui s'est enfui du château d'If. Vous n'avez pas un bout de pain et un peu de vin ? Je n'ai pas mangé depuis hier ! Et donnez-moi des vêtements. Je suis tout nu. Je vous les paierai avec mon premier salaire.

Le patron le regarde, inquiet. Et si c'était ce barbu, le prisonnier évadé...

« Bah ! Il n'a pas l'air méchant. Et puis, avec la marchandise que je transporte, je préfère avoir un prisonnier évadé qu'un douanier*. »

Dès que la *Petite Amélie* arrive à Livourne, Dantès prend l'argent de son premier salaire et se précipite chez un coiffeur. Le voici devant la glace, rasé, peigné. Il ne reconnaît pas son visage. Quatorze ans de prison ont changé le garçon de dix-neuf ans en un homme d'une beauté étrange. On croirait un mystérieux prince arabe ou un Dieu grec. Ses yeux noirs, profonds, qui peuvent voir la nuit comme les chats et les loups, semblent aller jusqu'au fond du cœur. Sa voix aussi a changé. Même son meilleur ami ne le reconnaîtrait pas.

« Mais ai-je encore un ami dans ce monde ? » se demande Dantès devant la glace du coiffeur.

Les contrebandiers

Dantès l'avait deviné dès le début : la *Petite Amélie*, le bateau qui l'a sauvé, est un bateau de contrebandiers*. Il transporte de la marchandise interdite. Les contrebandiers la vendent en Corse ou en Sicile. Pendant deux mois, Dantès va ainsi dans de nombreux ports de la Méditerranée.

Un soir, à Livourne, le patron de la *Petite Amélie* emmène Dantès dans un café où se réunissent tous les contrebandiers. Un autre capitaine les attend.

L'affaire qu'il propose est importante : il s'agit d'échanger des tapis turcs contre du tabac de Virginie. Mais ça peut prendre du temps. Il faudrait trouver un endroit tranquille où les douaniers ne viennent pas.

– Le plus sûr, dit Dantès, serait l'île de Monte-Cristo. Je la connais bien. Personne ne vient jamais par là. De plus, elle a un petit port naturel sans danger. Plusieurs bateaux peuvent y tenir.

– Bonne idée ! crient d'une seule voix les contrebandiers. Rendez-vous à Monte-Cristo !

L'île de Monte-Cristo

Sous le ciel rempli d'étoiles, Dantès conduit seul la *Petite Amélie*. Ses quatorze ans de prison passent devant ses yeux. Toute cette douleur, toute cette solitude. Puis l'abbé Faria venant comme un soleil au fond de son cachot. Le trésor existe-t-il vraiment ? L'abbé n'était-il pas fou ? Non, non, le trésor l'attend pour l'aider dans sa vengeance.

Au matin, l'île de Monte-Cristo apparaît. On dirait une montagne tombée dans la mer. Le soleil fait briller le rocher blanc comme de la neige. Dantès rend le gouvernail au capitaine et va dormir. Il ne se réveille que le soir, se précipite sur le pont. Ils sont tout près de l'île. Il reprend le gouvernail, mène la *Petite Amélie* dans le port naturel et descend avec Jacopo dans la chaloupe. Il saute le premier sur la terre de Monte-Cristo. L'autre bateau arrive le soir. Tapis et tabac passent d'un bateau à l'autre pendant toute la nuit.

Le lendemain, Dantès annonce qu'il va chasser des chèvres sauvages. Jacopo veut l'accompagner. Ils tuent un animal.

– Va la faire cuire sur la plage, Jacopo. Moi, je vous rejoindrai tout à l'heure.

Enfin seul. Du haut de la montagne, il peut voir toute l'île à ses pieds. Il n'y a pas de grotte là où le disait le texte de Spada, mais un rocher rond qui semble avoir été posé là par les hommes. La grotte a été fermée, bien sûr ! Au bord de l'eau, les contrebandiers appellent Dantès pour manger la chèvre. Ils le voient descendre en sautant de rocher en rocher. Soudain, il pousse un cri et tombe. Les contrebandiers se précipitent. Dantès est blessé :

– Je souffre, j'ai mal. Je ne peux plus bouger.

Le patron essaie de le relever. Dantès crie plus fort :

– Non, non, partez ! Laissez-moi un fusil, de quoi manger et boire, et des outils pour construire un endroit où dormir. Revenez me chercher dans huit jours quand vous aurez vendu la marchandise à Livourne. Je serai guéri. Mais par pitié, ne me bougez pas maintenant ou je meurs.

– Je reste avec toi, dit Jacopo.

– Toi aussi, pars chercher ton argent.

Il réussit enfin à les faire partir.

Dès que le bateau est loin, Dantès saute sur ses pieds. Il est vite guéri !

Le trésor de Spada

Il prend les outils, son fusil, et va vers le rocher qu'il a vu tout à l'heure. De toutes ses forces, il le pousse. Le rocher roule dans la mer. À la place, apparaît un mur. Dantès pousse un cri de joie. Ses jambes tremblent. Il respire profondément. Puis avec son outil, il frappe le mur qui s'effondre enfin. Derrière, un escalier descend dans la terre. Un autre que Dantès se serait précipité en courant. Lui, il s'arrête et dit à voix haute :

– Ce n'est pas vrai. Il n'y a pas de trésor ici. Faria a rêvé. Ou bien Spada est venu le chercher, il y a trois cents ans. Ou Alexandre VI... Edmond, fais comme si tu n'allais rien trouver ! Doute, Edmond, doute, et tu ne seras pas déçu.

Il descend les marches lentement et arrive dans une grande grotte vide. De ses yeux de chat, il regarde autour de lui. Le texte de Spada disait : « [...] dans le coin le plus éloigné de la seconde grotte. » Avec son outil, il frappe sur tous les murs. À un moment, ça sonne creux. La deuxième grotte doit être derrière. Dantès frappe encore. Un peu de peinture de la couleur du rocher tombe par terre. Quelques coups encore et le mur se casse. Derrière, il voit la deuxième grotte. Au lieu de se précipiter, il remonte à la lumière du jour, regarde le soleil, la mer, et reste ainsi longtemps à contempler le paysage sans bouger. Il redescend enfin, entre dans la deuxième grotte, se dirige vers le coin le plus éloigné. C'est là qu'il faut creuser. Son outil a touché du fer et du bois. Il cherche avec ses mains et dit :

– C'est un coffre* de bois entouré de fer.

Une ombre rapide passe dans l'ouverture de la grotte, derrière lui. Il se précipite avec son fusil. C'était une chèvre. Il coupe une petite branche, y met le feu et redescend avec. Il essaie de soulever le coffre. Impossible. Il est trop lourd. D'un coup de son outil, il le casse. Il regarde à l'intérieur.

Alors Dantès semble devenu fou. Il retourne à nouveau dehors pour voir s'il n'y a personne. Le ciel est sans un nuage. La mer est déserte. Au loin, il voit l'île d'Elbe où ont commencé ses malheurs. Il se retourne. Non, non ! il a rêvé. Il redescend, plus calme. Il regarde le coffre, divisé en trois parties. Dans la première, d'anciennes pièces d'or et d'argent. Dans la deuxième, des lingots* d'or.

Dans la troisième, des bijoux et des pierres précieuses* : diamants, saphirs, perles, rubis. Dantès les touche et les touche encore. Il sort dans le soleil, il fait le tour de l'île en courant. Il crie et fait fuir les chèvres devant lui. Il se jette à genoux et prie Dieu. Il a retrouvé la paix. Il revient devant la grotte, mange et boit un peu, s'endort d'un sommeil paisible comme il n'en avait jamais connu de sa vie, la tête tournée vers les étoiles.

Capitaine Jacopo

Le lendemain, il descend dans la grotte, remplit ses poches de pierres précieuses, cache le coffre sous de la terre, efface la trace de ses pas, remonte, pousse des pierres devant l'ouverture. L'endroit est redevenu comme avant.

Les contrebandiers reviennent six jours après.

– J'ai encore très mal, leur dit Dantès. Dès que nous serons arrivé à Livourne, j'irai voir un médecin.

– Je t'ai apporté ton salaire, dit Jacopo. C'est la fortune !

– La fortune en effet, répond Dantès avec un drôle de sourire.

À Livourne, il va chez un bijoutier, lui vend ses quatre plus petits diamants. Le bijoutier aimerait bien savoir comment un simple marin possède de telles choses. Mais il ne pose pas trop de questions : Dantès lui a vendu les pierres deux fois moins cher que leur vrai prix.

Quand il revient sur la *Petite Amélie*, les contrebandiers peuvent à peine le reconnaître : il est habillé comme un prince. Il leur raconte qu'il est le fils d'une famille riche, mais que ses parents ne voulaient pas lui donner d'argent. Maintenant qu'ils sont morts, il a une grande fortune.

– Je vais vous quitter, mes amis. Nous nous reverrons un jour. Jacopo, veux-tu travailler avec moi ?
– Je suis à vos ordres, Votre Excellence.

Dantès l'emmène à l'autre bout du port, il lui montre un grand bateau.
– Il te plaît, Jacopo ?
– Il est magnifique.
– Je viens de l'acheter. Tu seras son capitaine. Prends cet argent et va chercher des marins. Dans trois mois, viens me rejoindre à Monte-Cristo.

Et Dantès saute dans un petit bateau. Il met les voiles* et s'en va seul, vers l'ouest.

L'inconnu de Marseille

En ce joli jour du 1er juin 1829, les habitants de l'allée des Meilhans, à Marseille, regardent passer avec curiosité un homme richement vêtu qui ressemble à un gentleman anglais.

Le voici qui entre dans une petite maison et frappe à la porte du premier étage où vivent deux jeunes mariés. L'Anglais leur demande :
– Vous habitez ici depuis longtemps ?
– Deux mois, monsieur, depuis notre mariage.
– Et avant, il n'y avait personne ?
– Non, la maison était vide depuis longtemps.
– Je peux entrer ? Qui habitait ici, avant ?
– On n'en sait rien. Demandez aux vieilles personnes du quartier. Nous, nous sommes trop jeunes.

Tout a changé dans l'appartement du père Dantès, les peintures, les meubles. L'Anglais donne deux cents francs aux jeunes mariés et s'en va poser les mêmes questions à une vieille voisine :
– La maison n'était plus habitée depuis une quinzaine d'années, répond cette femme. Avant, il y avait un vieux monsieur qui est mort là. Mais je ne me souviens plus de son nom.

Le gentleman anglais va ensuite dans le quartier des pêcheurs espagnols. Il demande des nouvelles d'une certaine Mercédès. Certains vieux pêcheurs disent l'avoir connue. Mais elle a disparu, il y a treize ou quatorze ans.

Le lendemain, les jeunes mariés ont la surprise d'apprendre que la maison où ils habitent a été rachetée. Ils n'auront plus de loyer à payer, mais ils devront habiter à l'étage au-dessous et laisser libre leur appartement. Cependant, les habitants de l'allée des Meilhans parlent encore de ce mystérieux visiteur. Certains d'entre eux disent même l'avoir vu partir de Marseille vers Aix-en-Provence sur un cheval noir.

Les malheurs de Caderousse

Caderousse a eu bien des malheurs. Son restaurant de Marseille lui avait fait perdre de l'argent. Il a dû tout vendre. Il s'est marié avec une vieille femme, la Carconte, propriétaire d'un pauvre hôtel en pleine campagne entre Marseille et Aix-en-Provence. La pauvre Carconte est toujours malade et son hôtel a pour seuls clients des voleurs, des contrebandiers et des assassins. Ils s'y réunissent la nuit pour compter leur or ou préparer leurs crimes.

Ce dimanche matin, Caderousse est assis devant sa porte. Il taille un bout de bois avec son couteau. Soudain, son chien aboie [1]. Dans sa chambre, la Carconte crie :

– Qu'est-ce que c'est ?

– Un homme à cheval. On dirait un abbé. Ce n'est pas un client pour nous !

---

1. Aboyer : crier en parlant d'un chien.

Pourtant, l'abbé arrête son cheval devant l'hôtel et dit avec un accent italien :

– Vous êtes le signor Caderousse ?

– Oui, mon père, Gaspard Caderousse, pour vous servir.

L'abbé entre et s'installe à table. Il continue :

– Vous aviez un restaurant à Marseille ?

– Hélas ! Je n'ai pas eu de chance. J'ai dû le vendre. Mais vous devez avoir soif avec cette chaleur.

– Oui, servez-moi votre meilleur vin.

Caderousse obéit.

– Vous habitez seul ici ?

– Non, mais ma pauvre femme est toujours malade. Je dois tout faire ici : les repas, les lits...

– Vous êtes marié ? demande l'abbé en regardant la maison sale et qui sent mauvais.

– Oui, marié et pauvre. Quand on est honnête, on n'est jamais riche.

Le regard de l'abbé se met à briller. Mais il dit de sa voix grave et douce :

– L'honnête homme est récompensé tôt ou tard et le méchant est toujours puni. Vous allez voir bientôt que je dis la vérité. Mais d'abord, je veux savoir si vous êtes bien le Caderousse que je cherche. Avez-vous connu, en 1814 ou 1815, un marin qui s'appelait Dantès ?

– Hélas, oui, je l'ai bien connu, le pauvre petit Edmond, répond Caderousse, qui devient tout rouge.

– Il s'appelait Edmond, c'est vrai.

– Le pauvre petit ! répète Caderousse. L'avez-vous connu ? Vit-il encore, est-il heureux ?

– Il est mort, à trente ans, en prison.

Le visage rouge de Caderousse devient blanc comme celui d'un mort. Il tourne la tête et essuie une larme.

– Oh, je l'aimais bien. Mais vous, mon père,

comment l'avez-vous connu ?

– Je suis l'abbé Busoni. J'ai été appelé le jour de sa mort pour lui donner les secours de l'Église. Il m'a affirmé qu'il ne savait pas pourquoi il était prisonnier.

– C'est vrai, il ne le savait pas, dit Caderousse en essuyant son front.

– Avant de mourir, il m'a chargé de connaître la vérité et de prouver son innocence. Un riche Anglais, lord Wilmore, qui était en prison avec lui, lui avait offert un bijou d'un grand prix. Dantès m'a donné ce bijou en me demandant de l'offrir à ses amis qui ne l'ont pas oublié. Une belle récompense : ce bijou coûte cinquante mille francs.

Et l'abbé Busoni sort une boîte de sa poche. Il l'ouvre. Un diamant brille. Caderousse ouvre la bouche en grand. L'abbé remet la boîte dans sa poche et continue :

– Dantès m'a dit : « J'avais trois amis. L'un d'eux s'appelait Caderousse. »

Caderousse se met à trembler.

– Dantès m'a dit aussi : « Les deux autres s'appelaient Fernand Mondego et Danglars... »

Caderousse sourit avec méchanceté. Il veut parler.

– Ce n'est pas fini, dit l'abbé. Il m'a parlé aussi de la femme qu'il aimait. Mais je ne sais plus son nom.

– Mercédès, crie Caderousse.

Maintenant, c'est l'abbé qui tremble :

– Oui, c'est cela, Mercédès. Donnez-moi une carafe d'eau.

Caderousse obéit vite. L'abbé boit lentement.

– Ensuite ? demande Caderousse, impatient.

– Ensuite, Dantès m'a dit : « Allez à Marseille, vendez ce bijou, partagez l'argent en cinq parties et donnez-les aux seules personnes que j'aimais. »

– Pourquoi cinq ? Nous sommes quatre : Mercédès, Fernand, Danglars et moi.

Et l'abbé Busoni sort une boîte de sa poche. Il l'ouvre. Un diamant brille.

– La cinquième était le père de Dantès. Mais on m'a dit qu'il était mort...

– Oui, je connaissais bien ce pauvre homme. Il est mort de faim.

L'abbé Busoni saute de sa chaise et crie :

– Mort de faim ! C'est impossible ! Même un chien ne meurt pas de faim !

– Je dis la vérité.

– Et tu as tort, dit une voix dans l'escalier.

C'est la Carconte qui est descendue de sa chambre.

– Tu as tort, on ne raconte pas ces choses-là à quelqu'un qu'on ne connaît pas.

L'abbé ressort le bijou et le montre à la Carconte. Elle a compris. Elle va s'asseoir dans un coin. Elle ne dit plus rien, mais écoute tout.

– Oui, le vieil homme est mort de faim, continue Caderousse. La belle Mercédès essayait de l'aider, mais il refusait tout. Le propriétaire du bateau d'Edmond, M. Morrel, voulait que le vieux Dantès habite dans sa maison. Il refusait encore. Moi aussi, j'ai voulu l'aider. Mais il ne me laissait pas entrer chez lui, je ne sais pas pourquoi. Il est mort dans les bras de Mercédès et de M. Morrel.

L'abbé tousse pendant que Caderousse poursuit :

– Le père de Dantès avait trois amis : Mercédès, M. Morrel et moi. Mais n'allez pas remercier Fernand et Danglars. Ils n'ont pas droit à leur part du bijou ! Ils ont mis ce pauvre Edmond en prison.

– Ah oui ? racontez-moi cela.

– Danglars voulait prendre à Dantès sa place de capitaine. Il a écrit une lettre au procureur où il disait qu'Edmond était un espion de Napoléon. Fernand voulait lui prendre Mercédès. Il a mis la lettre à la poste...

L'abbé dit à voix basse :

– Faria, Faria, tu connaissais bien les hommes !

– Que dites-vous ?

– Rien, continuez votre histoire. Mais dites-moi, signor Caderousse, vous savez bien des choses sur cette lettre. Vous étiez là quand ils l'ont écrite ?

– Oui, dit Caderousse en rougissant. Ils m'avaient fait boire.

– Mais quand Dantès a été jeté en prison, pourquoi n'êtes vous pas allé voir le procureur ?

– On m'aurait pris pour un partisan de Napoléon et on m'aurait condamné moi aussi. Ah, j'ai été bien puni : je suis pauvre, ma femme est malade. Et eux, ces maudits Fernand et Danglars, ils sont riches et heureux.

– Riches et heureux ? Racontez-moi, signor Caderousse.

Quand Dantès était en prison

Caderousse raconte alors tout ce qui s'est passé pendant les quatorze ans où Dantès était prisonnier au château d'If. L'abbé Busoni lui pose parfois une question. De temps en temps, son poing se serre, son œil devient plus brillant. Mais Caderousse ne le voit pas.

« Quand Dantès fut jeté en prison, en 1815, seul M. Morrel essaya de le faire sortir. Napoléon revint de l'île d'Elbe. Morrel lui envoya lettre après lettre, mais ne reçut jamais de réponse. Puis, après les Cents-Jours, Louis XVIII reprit le pouvoir et Morrel fut alors montré comme un partisan de l'Empereur. Ses affaires allèrent de plus en plus mal. Chaque année, il perdait un de ses bateaux. Il avait beaucoup de dettes*. Dans Marseille, on disait même qu'il avait envie de se tuer. Mais il avait une fille à marier et un fils officier dans l'armée. En ce moment, on dit qu'il attend son dernier bateau, le vieux *Pharaon*, qui doit revenir de l'Inde avec du tissu. C'est le dernier espoir de Morrel.

« Pour Danglars, au contraire, tout s'est bien passé. M. Morrel ne savait pas qu'il avait écrit la lettre dénonçant Dantès. Il le nomma capitaine du *Pharaon*. Puis, comme Danglars ne connaissait pas bien son métier, Morrel l'envoya comme comptable* chez un ami banquier, en Espagne. Quand les armées françaises arrivèrent en Espagne pour remettre le roi Ferdinand VII sur le trône, Danglars fit fortune en vendant du matériel aux uns et aux autres. Il épousa la fille du banquier espagnol, joua à la Bourse*, et gagna encore plus d'argent. Quand sa femme mourut, il revint en France, partit pour Paris, épousa la fille d'un ministre du roi. On l'appelle maintenant "baron Danglars". Il est devenu l'un des plus grands banquiers de France.

« Fernand Mondego, le petit pêcheur espagnol de Marseille, a eu lui aussi beaucoup de chance. Quand Napoléon revint pendant les Cent-Jours, il fut obligé d'entrer dans l'armée. Un général le prit en sympathie. Un soir, avant la bataille de Waterloo, ce général demanda à Fernand de le suivre. Les deux hommes s'enfuirent en Angleterre. Avec le retour de Louis XVIII, le général et Fernand furent récompensés d'avoir abandonné Napoléon. Fernand devint lieutenant et partit en Espagne avec l'armée. Il rencontra Danglars à Madrid et l'aida beaucoup dans ses affaires. La paix revenue, Fernand fut nommé conseiller de Tebelin-Pacha, un prince grec qui luttait contre les Turcs. Tebelin-Pacha fut tué. De retour en France, Fernand, devenu riche, fut nommé général. Le petit pêcheur espagnol de Marseille s'appelle désormais le général Fernand Mondego, comte de Morcerf... »

Le bijou de Caderousse

Raconter toute cette histoire a donné soif à Caderousse. D'un coup, il vide un grand verre de vin rouge. Le prêtre ouvre la bouche, hésite un instant et dit d'une voix étrange :

– Et... Mercédès ? On m'a dit qu'elle avait disparu.

– Disparu ? Oh non, c'est une des plus grandes dames de Paris, aujourd'hui. Le jour où mon pauvre Edmond a été emmené par la police, elle a pleuré longtemps. Puis elle est allée voir M. de Villefort, plus de dix fois. Rien à faire. Le procureur du roi était parti à Paris. Comme je vous l'ai dit, monsieur l'abbé, elle essaya de soigner le père Dantès. Puis Fernand partit à la guerre. Enfin, à la guerre... : jamais le général de Morcerf ne s'est battu ! Mercédès se retrouva seule, la pauvre petite, avec un vieil homme qui se laissait mourir. Fernand revint trois mois après. Il lui affirma qu'Edmond était mort. Le vieux Dantès disait la même chose : « Si mon fils était vivant, il serait avec nous. Donc, il est mort. » Mercédès finit par le croire. Le père Dantès mourut, Fernand partit et revint à nouveau trois mois plus tard. Il était lieutenant. Cette fois, il demanda Mercédès en mariage. Elle lui répondit d'attendre encore six mois.

– Dix-huit mois au total, dit l'abbé avec un sourire triste. Quelle patience !

– Six mois après, ils se mariaient. J'étais là. Comme elle avait l'air triste, la belle fille ! Juste après le mariage, Fernand emmena sa femme loin de Marseille.

– Vous avez revu Mercédès ?

– Une fois, oui, pendant que Fernand était en Grèce. Elle vivait seule avec son fils...

– Son fils ?

– Son fils, oui, le petit Albert. Il doit avoir dix ans, aujourd'hui. Elle vivait donc seule à Paris pendant que Fernand faisait la guerre. Enfin, la guerre...

– Oui, j'ai compris, continuez !

– Je n'avais plus d'argent, plus de maison. Je suis allé demander de l'argent à mes anciens amis. Danglars ne m'a même pas reçu. Mais Mme de Morcerf, elle, m'a donné mille francs. C'est une grande dame. Elle a appris à lire, à faire de la musique, à peindre. Elle pourrait être reine. Et moi, qui n'ai rien fait de mal dans ma vie, je me retrouve le plus malheureux des hommes.

– Votre malheur est fini, dit l'abbé. Ce bijou est à vous seul puisque vous étiez le seul vrai ami d'Edmond Dantès.

– Oh, vous êtes vraiment un homme de Dieu, monsieur l'abbé. Car vous auriez pu le garder pour vous seul, ce bijou.

« Cela veut dire que toi, à ma place, tu l'aurais gardé, pense l'abbé. Je ne te pardonne pas, Caderousse, je t'oublie. Mais ne te retrouve jamais sur mon chemin... »

Le crime de Caderousse

Dès que l'abbé est parti, la Carconte commence à crier :

– Il est peut-être faux, ce bijou.

– Je vais voir ça, répond Caderousse.

Il part à la ville, entre chez un bijoutier :

– J'ai chez moi un bijou qui vaut cinquante mille francs, dit-il au commerçant.

– Apportez-le-moi et nous verrons, répond le bijoutier en voyant les pauvres vêtements de Caderousse.

– Ah non, venez vous-même. Il y a trop de voleurs sur les routes.

Puis il raconte une histoire d'héritage* que le bijoutier finit par croire. Ils prennent rendez-vous à l'hôtel de Caderousse pour le lendemain.

Le lendemain, à l'hôtel de la Carconte, le bijoutier regarde le bijou et dit :

– Je vous l'achète vingt mille francs.

– C'est cinquante mille francs ou rien, répond Caderousse.

– Vingt-cinq mille. Sinon, je vais voir la police et je leur dis que c'est un bijou volé.

Caderousse prend peur. Il prend le bijoutier par le cou. Celui-ci sort un pistolet et tire. Caderousse écarte l'arme. La balle entre dans le cœur de la Carconte. Un autre coup de feu part. Le bijoutier s'effondre, mort lui aussi.

Caderousse s'enfuit, son bijou à la main. Le lendemain, il est à Marseille. Il entre chez un autre bijoutier. Tandis qu'il montre le bijou, une main se pose sur son épaule. C'est un policier !

Le banquier anglais

L'inspecteur général des prisons de Marseille est très ennuyé : pour augmenter son salaire de fonctionnaire, il a fait quelques affaires avec l'entreprise Morrel et fils et lui a prêté* cent mille francs. Cela a permis au *Pharaon* d'aller acheter en Inde de précieuses marchandises qui devraient rapporter le double de l'argent prêté. Mais le *Pharaon* a deux mois de retard. Morrel a promis de rembourser l'inspecteur des prisons. Mais celui-ci a besoin de cet argent maintenant.

Un secrétaire ouvre la porte du bureau et annonce :

– Lord Wilmore, de la banque Thomson et French.

Un Anglais à la belle barbe blonde entre et salue l'inspecteur des prisons.

– Monsieur l'inspecteur, dit-il, nous avons appris que M. Morrel vous devait de l'argent. Il en doit également à la banque Thomson et French. Peut-on lui faire encore confiance ?

– M. Morrel est le plus honnête des hommes. Il rembourse toujours à l'heure. Mais cette fois, j'ai peur qu'il ne puisse pas. Il est venu tout à l'heure pour me dire que si son *Pharaon* n'était pas là d'ici le 15 de ce mois, il ne pourrait pas me payer. Alors, pour lui, ce sera la ruine*, la prison.

– Je vous rachète sa dette, dit l'Anglais. Et je paie tout de suite.

Il sort des billets de sa poche, les met sur le bureau.

– Vous prenez de gros risques, monsieur, dit l'inspecteur des prisons en comptant les billets. Si le *Pharaon* n'arrive pas, vous n'aurez pas un centime de Morrel.

– C'est la banque Thomson et French de Rome qui décide, répond l'Anglais. Moi, je fais ce qu'ils me disent de faire. Je suis payé pour ça. Et bien payé... Puis-je maintenant vous demander un service personnel.

– Tout ce que vous voulez, monsieur.

– Vous êtes inspecteur des prisons ?

– Depuis quatorze ans.

– J'ai eu pour professeur à Rome un certain abbé Faria. J'ai appris qu'il était prisonnier au château d'If. Avez-vous des nouvelles de lui ?

– L'abbé Faria ? Le pauvre homme est mort fou il y a six mois, en février.

– Vraiment fou ?

– Oh, oui ! Je suis allé le voir dans sa prison, il y a douze ans. Il m'a proposé un trésor contre sa liberté. Un trésor, j'en ris encore !

– Il est mort en février ? répond l'Anglais. Vous avez une bonne mémoire pour vous rappeler de tous vos prisonniers.

– Si je me souviens aussi bien de la date de sa mort, c'est parce que ce jour-là, il s'est passé quelque chose d'extraordinaire. Le cachot de l'abbé était à quinze mètres de celui d'un prisonnier dangereux, un certain Dantès. J'ai vu aussi celui-là, il y a douze ans. Je n'oublierai jamais son visage.

L'Anglais sourit.

– Donc, continue l'inspecteur des prisons, Dantès avait réussi à faire des outils et à creuser un tunnel entre les deux cachots. Mais ils n'ont pas pu s'évader. L'abbé est mort avant. Et l'autre prisonnier a pris la place de l'abbé dans le sac qui lui servait de linceul. Il pensait être enterré. Il ne savait pas qu'au château d'If, on n'enterre pas les morts. On les jette à l'eau. Ah ! j'aurais bien aimé voir la tête de Dantès quand il est tombé dans la mer !

Et le directeur des prisons se met à rire.

– Moi aussi, j'aurais aimé voir sa tête, dit l'Anglais qui, lui, ne rit pas. Vous êtes sûr que... Dantès s'est noyé ? C'est écrit dans vos dossiers ?

– C'est écrit : Edmond Dantès est mort.

– Ainsi soit-il. Mais montrez-moi vos documents sur l'abbé Faria.

Le directeur des prisons lui remet le dossier « Château d'If » et s'en va dans la pièce à côté, heureux de compter son argent qu'il croyait perdu.

L'Anglais lit rapidement le passage sur l'abbé Faria. Puis il tourne les pages jusqu'à Edmond Dantès. Tout y est : la lettre de Danglars (l'Anglais la cache dans sa poche) et l'interrogatoire de Villefort. Mais cet interrogatoire ne donne pas le nom de M. Noirtier, le père de Villefort. L'Anglais lit ensuite une lettre que Morrel avait envoyé à Napoléon, lors des Cent-Jours, pour lui demander de libérer Dantès : « Sans lui, écrivait Morrel, Votre Majesté ne serait peut-être jamais rentrée de l'île d'Elbe. » Après le retour de Louis XVIII, cette lettre devint une arme terrible entre les mains de Villefort. Le procureur s'était alors rendu au château d'If et avait ajouté de sa main sur le dossier « Edmond Dantès » : « Partisan de Napoléon. Très dangereux. L'a aidé à revenir de l'île d'Elbe. Le garder dans le plus grand secret. »

Au-dessous, l'Anglais lit une dernière note de l'écriture du directeur des prisons : « Rien à faire pour ce prisonnier. »

L'entreprise Morrel et fils

L'entreprise Morrel et fils est déserte. Il y a dix ans, marchands, marins, employés couraient ici dans tous les sens. Maintenant, M. Morrel est seul. Dans son bureau, il fait et refait ses comptes. À cinquante ans, il a l'air d'un vieil homme. On frappe à la porte.

– Entrez, c'est ouvert.

L'Anglais de tout à l'heure apparaît.

– Bonjour, monsieur. Je suis le représentant de la banque Thomson et French. J'ai racheté toutes vos dettes. Désormais vous devrez tout rembourser à ma banque : cinq cents mille francs.

– Mais pourquoi avez-vous fait cela ?

– C'est un ordre de ma banque.

– Monsieur, je vous rembourserai si mon bateau le *Pharaon* revient de l'Inde. Patientez encore un mois...

Une jeune fille entre en courant.

– Julie, dit M. Morrel, que vous arrive-t-il, ma fille ?

– Mon père ! J'ai une mauvaise nouvelle. Le *Pharaon* a fait naufrage*.

– Et les marins ? répond M. Morrel

– Nous sommes tous vivants, dit une voix.

C'est un des marins du *Pharaon*.

– Tant mieux, continue M. Morrel. Il n'y a qu'une seule victime : moi. Laissez-nous maintenant. Je dois parler avec ce monsieur, représentant de la banque Thomson et French. Voilà, monsieur, vous avez entendu. Il ne me reste que vingt mille francs. Prenez-les. Moi, la honte et la ruine m'attendent.

- La maison Thomson et French vous donne encore trois mois. Je reviendrai le 15 septembre.

- Merci, monsieur. Je ferai tout pour vous rendre votre argent.

Pendant trois mois, M. Morrel cherche à faire de nouvelles affaires. Mais tout le monde se méfie de lui, même ses meilleurs amis. Dans les affaires, il n'y a pas d'amis. Il va même à Paris rencontrer le banquier Danglars qui refuse de lui prêter de l'argent pour un nouveau bateau.

Le 15 septembre, M. Morrel est de retour dans son bureau. Il a payé les marins du *Pharaon*. Il n'a plus rien. Il ouvre un tiroir, prend un pistolet, le met dans sa bouche. La porte s'ouvre. C'est son fils, Maximilien, lieutenant à l'armée.

- Père !

- Laissez-moi, je veux me tuer. Le sang lave la honte.

- Alors, donnez-moi un pistolet à moi aussi.

- Mais qui prendra soin de votre sœur et de votre mère ?

Maximilien se tait. Il a compris. Il va sortir du bureau quand Julie entre en criant :

- Sauvés, nous sommes sauvés ! Regardez !

C'est une lettre de la banque Thomson et French qui explique que l'argent que doit M. Morrel est remboursé. Avec la lettre, il y a un bijou et une carte où il y a écrit : « Pour le mariage de Julie. »

- Où avez-vous trouvé cela, Julie ?

- J'ai reçu une lettre qui me disait de me rendre dans une petite maison de l'allée des Meilhans. J'y suis allée. Un homme m'a remis cette fortune sans rien dire.

- Cette lettre était signée ?

- Oui, d'un nom étrange : Simbad le Marin.

- Père, crie Maximilien, qui regardait par la fenêtre, le *Pharaon* rentre dans le port !

– Vous êtes fou, mon fils, le *Pharaon* a coulé.

– Non, non ! venez voir à la fenêtre !

C'est bien le *Pharaon* qui entre dans le port. Ou plutôt un bateau qui lui ressemble exactement. Au-dessous du nom *Pharaon II* il y a écrit : *Morrel et fils*. Les mêmes marins et le même capitaine sont à bord. Toute la famille Morrel court vers le port avec des cris de joie.

Caché derrière un arbre, un homme d'une trentaine d'années, les cheveux noirs, les regarde.

– Sois heureux, Morrel, noble cœur. Tu as essayé de m'aider en secret. Moi aussi, je t'aide en secret.

Puis il appelle :

– Jacopo ! Jacopo !

Une chaloupe vient le chercher et l'emmène vers un grand bateau prêt à partir. Il monte dessus avec la souplesse d'un marin. Pendant que le bateau s'éloigne, il regarde Marseille comme si c'était pour la dernière fois et il murmure :

« C'est fini. Comme la Providence, j'ai récompensé les bons. Comme le Dieu vengeur, je vais punir les méchants. »

Mots et expressions

La mer et les marins

Bord, *m.* : chaque côté du bateau, par rapport au vent. *Monter à bord* ou *être à bord* : monter ou être sur le bateau.
Cabine, *f.* : chambre à coucher dans un bateau.
Capitaine, *m.* : personne qui dirige un bateau.
Chaloupe, *f.* : petit bateau non couvert utilisé pour aller du gros bateau jusqu'à terre
Coque, *f.* : partie du bateau qui est sous l'eau.
Couler : tomber au fond de l'eau.
Équipage, *m.* : l'ensemble des marins travaillant sur un bateau.
Gouvernail, *m.* : roue qui sert à conduire un bateau.
Manœuvre, *f.* : ce que font les marins pour faire tourner, avancer, ralentir ou arrêter le bateau.
Mât, *m.* : long poteau de bois très haut qui porte les voiles sur un bateau.
Naufrage, *m.* : accident de bateau qui l'entraîne au fond de l'eau ou sur les rochers.
Pont, *m.* : sorte de toit plat en bois ou en fer qui couvre le bateau et sur lequel on peut marcher.
Rivage, *m.* : le bord de la terre qui touche la mer.
Second, *m.* : l'homme le plus important sur un bateau après le capitaine.
Tempête, *f.* : très mauvais temps et grosses vagues en mer.
Voile, *f.* : tissu placé sur les mâts pour faire avancer le bateau grâce au vent.

La loi, la justice, le crime, la prison

Cachot, *m.* : pièce sombre et isolée où on enferme les prisonniers dangereux.
Canon, *m.* : lourde arme à feu qui envoie des boules de pierre ou de métal.
Complot, *m.* : action faite en secret par plusieurs personnes contre un gouvernement ou un individu *(intrigue)*.
Contrebandier, *m.* : personne qui va vendre à l'étranger des marchandises interdites.
Dénoncer : donner à la justice ou à la police le nom de quelqu'un qu'on accuse d'un crime *(dénonciation)*.
Douanier, *m.* : personne qui surveille les frontières.
Empoisonner : faire manger ou boire quelque chose qui tue *(poison)*.
Espion, *m.* : personne payée pour surveiller les actions et les paroles des autres.

Geôlier, *m.* : personne qui garde les prisonniers *(gardien)*.

Gouverneur (de prison), *m.* : personne qui dirige la prison.

Guillotine, *f.* : machine destinée à couper la tête des personnes condamnées à mort *(guillotiner)*.

Intrigue, *f.* : voir **complot**.

Juge, *m.* : personne chargée par l'État de rendre la justice *(juger, jugement)*.

Libérer : rendre la liberté à quelqu'un.

Preuve, *f.* : objet ou événement qui montre que l'accusé est coupable ou innocent *(prouver)*.

Procès, *m.* : toute l'action de justice jusqu'au moment où le juge montre les responsables et prononce le jugement.

Procureur, *m.* : personne qui représente le gouvernement devant la justice.

Prouver son innocence : montrer que l'on n'a pas fait le crime dont on est accusé.

Punir : condamner quelqu'un qui a fait une mauvaise action.

Traître, *m.* : personne qui abandonne un pays ou un ami pour aider l'ennemi.

Vengeance, *f.* : action de punir soi-même les gens qui vous ont fait du mal *(se venger)*.

Victime, *f.* : personne tuée ou blessée. Personne condamnée à tort.

Les gens, la société, la politique

Abbé, *m.* : nom donné à certains hommes d'Église (catholique).

Ancêtre, *m.* : personne qui est à l'origine d'une famille.

Bourse, *f.* : endroit où l'on achète et où l'on vend des affaires économiques.

Cardinal, *m.* : homme d'Église qui élit et conseille le pape.

Cimetière, *m.* : endroit où l'on met les morts sous la terre.

Coffre, *m.* : grosse boîte où l'on enferme des affaires et que l'on peut emporter en voyage.

Comptable, *m.* : personne qui compte l'argent et donne les salaires.

Contrat, *m.* : texte où une ou plusieurs personnes promettent à une ou plusieurs autres de faire ou de donner quelque chose.

Dette, *f.* : argent que l'on doit à quelqu'un.

Domestique, *m.* : personne payée pour être au service d'une maison ou d'une famille.

Empereur, *m.* : personne qui dirige seule plusieurs pays formant un empire. Napoléon Ier était empereur.

Fortune, *f.* : l'argent et les biens que possède quelqu'un qui est riche.

Héritage, *m.* : argent ou objets que donne une personne après sa mort à sa famille ou à quelqu'un d'autre (*héritier* : personne qui a droit à cet argent).

Lingots, *m.* : morceaux de métal pesant tous le même poids (surtout *lingots d'or*).

Noble (*nom* et *adjectif*) : qui appartient à une grande et vieille famille, juste en dessous du roi (on dit aussi *aristocrates*), et qui a droit à certains avantages. Les nobles appartiennent à la « noblesse ». Du plus important au moins important : prince, princesse, duc, duchesse, comte, comtesse, vicomte (fils de comte), marquis, baron, chevalier. Noble (seulement *adjectif*) : courageux et honnête.

Officier, *m.* : personne qui dirige l'armée. Du plus important au moins important : général, commandant, capitaine, lieutenant.

Partisan, *m.* : quelqu'un qui défend des idées politiques.

Pierre précieuse, *f.* : pierre rare qui sert surtout à faire des bijoux : diamants, émeraudes, rubis, etc.

Prêter : donner de l'argent à quelqu'un qui devra le rendre plus tard (qui devra le *rembourser*).

Ruine, *f.* : quand quelqu'un a perdu tout son argent *(ruiner, se ruiner, être ruiné)*.

Soldat, *m.* : celui qui, dans l'armée, ne donne pas d'ordre.

Trésor, *m.* : grosse somme d'argent et de pierres précieuses cachée ou perdue.

Trône, *m.* : fauteuil dans lequel le roi est assis. *Monter sur le trône :* devenir roi.

Usurpateur, *m.* : qui a pris de force une place qui n'était pas la sienne. Pour les partisans de Louis XVIII, Napoléon était un usurpateur.

Veuf, veuve : personne dont la femme ou le mari est mort.

Pour aller plus loin...
Le texte original est disponible dans la collection
Le Livre de Poche classique (Hachette).